金門文學讀本

小說・報導文學卷

牧野篝火

石曉楓、吳鈞堯 編

目次

小說卷

報導文學卷

縣長序

文學薪火，華章綻放

陳福海

金門縣政府長期以來致力於文化建設，以保護和弘揚金門豐富的文化遺產為己任。能見證金門文學讀本的問世，令人感到欣慰，這是文化建設重要的一部分，也是對金門文學的高度肯定。

金門縣政府向來積極參與文化建設，包括支持文學活動、文藝表演，並鼓勵年輕一代參與文學創作。我們致力於保護和傳承金門獨特的文化，使這片土地的故事得以傳遞到世界。此外，我們也不斷投資於文學教育，希望培育新一代的文學人才，為金門文化未來注入源源不絕的活力。

值得一提的是，金門縣政府展開的多項文學編輯計畫，無論「開門長篇小說編輯計畫」，抑或辦理浯島文學獎、豆梨季等，旨在挖掘金門的文學潛力，鼓勵本地作家發表長篇作品，讓金門的文學更加多元且充實。透過這些計畫，我們不僅為金門作家提供了平台，更激發出文學創作的熱情，從而能將金門文學成果分享給更廣大的讀者。

金門文學讀本的出版，是一個有規模的計畫，《浯島潮聲：散文、詩歌卷》、《牧野篝火：小說、報導文學卷》裡包括了諸多豐富多彩的文學作品。這些作品反映出金門獨特的風土人情，承載了一代又一代金門人的情感和記憶。這本讀本將成為金門島鄉寶貴的文化資產，也將為更多人打開浯島的文學之門。

局長序

歲月磨礪，島嶼抒情

呂坤和

金門，昔日人文薈萃，更有海濱鄒魯之稱，這座歷史悠久的島嶼，雖遭遇戰火煙硝，但長期戰爭和軍事管制的考驗，並未能動搖金門人民堅韌不拔的精神。在歷史長河中，金門成為勇敢和堅毅的代名詞，烙印於歷史篇章，島嶼的每一塊石頭、每一片土地，都承載著滄桑的歷史記憶和情感。

金門文學的流變，宛如這片土地的變遷，以筆墨編織，書寫著島嶼與人民的共同成長。自軍管時期的緊繃，到解除戰地政務時期後的鬆綁，再到小三通開放後的流動，金門文學在不同的歷程中綻放，吸納了人民的思維，抒發著深沉的情感。而在時局的轉變間，它亦如音符飄揚，凝聚了歲月的韻律。金門文學儼然成為島嶼變遷的見證者，映照出居民內在的共感。

這次的「金門文學讀本」涵蓋小說、散文、新詩、報導文學四種文類，精選三十家金門文學作家作品。小說卷部分，我們特別選錄了朱西甯、陳長慶、陳慶瀚、吳鈞堯、張姿慧等五位作家的作品。在他們筆下，金門特殊的歷史地位和人民的生存處境，得以淋漓盡致地展現。散文卷部分，我們精心選取了楊牧、林媽肴、牧羊女、焦桐、洪春柳、洪玉芬、吳鈞堯、石曉楓、林靈、周怡秀等十位作家的作品。他們以細膩的筆觸，從不同的觀點和視角出發，描繪出金門常民風景中的記憶片段。報導文學卷部分，我們引入了李福井、楊樹清兩位作家的作品。他們以歷史筆觸，勾勒出昔日島嶼的關鍵時刻和歷程。至於詩歌卷部分，則涵蓋了管管、許水富、寒川、白靈、王婷、牧羊女、張國治、李子恆、蔡振念、翁翁、洪進業、流氓阿德、辛金順等人的作品。他們以詩意的語言，凝練的情感，傳達出心中那份熱烈的情懷。

金門的歷史，如同一幅精彩的畫卷，繪就人文的輝煌與戰火的悲壯。而金門文學，則是這畫卷中的珍貴筆觸，將島嶼的情感與記憶娓娓道來。在這本「金門文學讀本」中，小說、散文、詩歌、報導文學交相輝映，串聯出島嶼的多重面貌。願這本讀本，成為連結過去與未來的橋梁，讓金門的故事，在風華正茂中綻放光彩。

《金門文學讀本》總序

尋找文學新址

吳鈞堯

《金門文學讀本》並非突然性讀品。

金門因戰地屬性，塑造為一組密碼，舉凡碉堡、大砲等，都是窺奇對象。開放觀光以及兩岸小三通以後，密碼逐次開解，可惜多以特產或新興觀光主題為主。

二〇〇三迄二〇〇五年，文化局出版三套「金門文學叢刊」，前縣長李炷烽在出版總序裡說：「希望金門文學叢刊，能夠走進每個鄉親的家庭跟心靈，開啟全民閱讀風氣，在濃烈的書卷氣裡體會分享與感恩的真義，讓海內外鄉親得以從文學中親近金門。」

巧合的是二〇〇六年四月三十日，中央研究院文哲所副研究員李奭學在《聯合報》讀書人版，就國立編譯館主編，五南圖書印行，編撰小說、散文、新詩等各四冊的「青少年臺灣文庫」文學讀本，提出看法，「〈總序〉裡提到文學性及臺灣性，是青少年臺灣文庫的編輯方向……然而，我另外也覺得文庫編得有些弔詭：名冊之中，幾乎看不到金馬作家的身影」。

故而提金門文學與灌溉，便不能不感到危機，尤其全球化時代，本土教育成為顯學，金門地域邊緣性很可能造就文學的邊緣性，更有需要全盤思考當下金門文學，該怎麼被看見、被閱讀，被重新發現，這是金門文學讀本誕生的近因。讀本邀請國立臺灣師範大學教授石曉楓、作家吳鈞堯擔任主編，經由嚴謹審核與定義，收錄小說、散文、新詩、報導文學三十家；文本、作者簡介與賞析共列，一次性、全面性，介紹當下富有代表性的金門籍作家，以及與金門淵源深刻的作家。

我們無意一新耳目，而織錦已然存在的作家與作品，在一個新的文學年代出發，再去找新的文學地址。

金門文學讀本

小說卷

小說卷一總論

烽火下的傷痛與深情

石曉楓

《金門文學讀本》小說部分收錄非縣籍作家朱西甯，以及縣籍作家陳長慶、陳慶瀚、吳鈞堯、張姿慧共五家作品。

非縣籍作家著眼於曾在戰地服役且有一定數量作品者，其中朱西甯的長篇《八二三注》是以金門為背景最具代表性的長篇戰爭小說，惜篇幅浩大，不宜斷章節錄。因此讀本另選朱氏以同樣素材創作的短篇〈在戰地〉，其對金門人事的描寫陽剛、堅毅中又有細膩之情，自是名家手筆。

縣籍作家部分，一九四〇年代出生的陳長慶，經歷過戰火悲苦、軍管時期，多以寫實筆法，書寫金門民情風土、流俗易變以及扎根於土地之小民，其創作文類遍及詩、散文、小說，畢生堅持金門本土書寫，也致力於地方文藝工作之推展，允為代表性前輩作家。

一九六〇年代出生的吳鈞堯，童年移居臺北，中年以來故土意識萌發，致力於將創作結合金門史料，先後出版並推動金門的文學活動，其小說如《崢嶸》、《凌雲》、《履霜》、《火殤世紀》等，以歷史小說型態書寫近百年間的金門，頗具成果。另有陳慶瀚以資訊工程系教授之身分，涉足文學領域，無論就學力背景、思維方式或創作風格而言，都對金門學子具有啟發性意義。至於一九七〇年代出生的張姿慧，曾獲浯島文學獎、兩岸徵文獎等，其小說題材來自過去在原鄉的生活經驗，善以悲憫視角為弱者發聲，揭示人性之善惡。

縣籍小說家作品之選錄，由一九四〇後及於一九七〇後出生者，原有世代對照、文學傳承之用心，惜黃克全先生之作品因故無法收錄於選本中。黃克全早慧，以文學創作及評論為生平職志，其作品橫跨詩、小說及散文，兼有論述，在縣籍作家中獨樹一格，允為技巧實驗開創之前驅。讀者自可多方涉獵、自行參閱。

目前從小說選五家作品裡，可以清楚呈顯出縣籍、非縣籍創作者眼中多面向、多角度的軍民形象，以及不足為外人道的戰地生活紀錄，凡此或深情、或傷痛的回憶，正是我們希望藉由小說體現的人性與人情之真、現實與真實之辯。希望藉由選文的賞析，能引領讀者對於戰地生活有更深刻的同理，以及更開闊的認識。

朱西甯

ABOUT

本名朱青海，山東臨朐人。曾任《新文藝》月刊主編、黎明文化公司總編輯，並曾在文化大學中文系文藝組兼任教職。民國三十六年，在南京《中央日報》副刊正式發表第一篇短篇小說〈洋化〉，民國四十一年出版第一本小說《大火炬的愛》，後出版長篇小說《貓》、《畫夢紀》、《旱魃》、《八二三注》；短篇小說集《鐵漿》、《狼》、《破曉時分》、《春城無處不飛花》；散文集《微言篇》等三十餘部作品，無論質量，皆極為可觀，堪稱當代臺灣重要小說家之一。

在戰地

八月，那天空總有一種特異的擁擠；堆雲從海之遠涯層層壘積，一座又一座的額非爾士峰，堆壘到可怕的高，神的高。西墜的陽光落上去厚厚白雪於雲峰的西麓，而所有的雲谷越發深幽了，彷彿那裡面藏有死亡。

那是一個令人心靈何等垂涎的去處！磁吸著人軟弱時的心髓。磁吸著，魅惑的磁吸著葉平少尉帽簷底下那凝神的眼瞳，和眼瞳後面的搖盪、漂浮。

匆促的日子；當手腳在匆促裡不得安歇的時刻，心是不存在的。而高得可敬且像有所作為的堆雲，在這一刻遙遙的喊醒他，讓他暫時安歇下手腳，讓心存在一下；搖盪、漂浮，心的存在是這樣的。

層層疊疊的堆雲底下，顏老阿婆去遠了，彷彿是那堆雲過份沉重，而傴僂了這個老嫗。

生著稀疏的野植物的紅色丘陵地，彎曲的小路，走去了傴僂的老阿婆，壓在背上的是重重的堆雲，重重的歲月。背駝了，心腸也駝了，你猜不到她萎縮的心理有多彎曲，就像她走著的彎曲的那條小徑。

這個被調皮的老兵們喊做充員官的預備役軍官，曾用心幫助這位老阿婆，想拉直她彎彎曲曲老得起皺的心腸，現在證明還不能生效。每天每天，這位顏老阿婆要從這條彎曲的小徑那一頭走來，再走回那一頭去。勸她不用老遠跑來送回那些餐具，會派兵士去取的。但老阿婆不光是為的送餐具回來，她只是每天每天非到陣地裡來一趟兩趟不可，她要用彎彎曲曲的心腸罵一陣這些壞阿兵哥。似乎萎縮的生活裡，只賸下了這個；或者這樣說，老阿婆只剩下了這樣彎彎曲曲的生活，生命裡已經沒有別個什麼了。

「你們這些壞阿兵哥呀！」老阿婆狠狠的咬住打皺的嘴角，手杖指在她隨意選定的那個兵士的鼻子上。「我去找你們司令官，把你們調走，我不要你們！」嘴唇上掉落兜不住的口水。「我不要你們這幫阿兵哥！」老嫗重複著。

接防時，這位顏老阿婆也是列入交代的任務之一。葉平這個排，接下正面三百公尺的陣地，和縱深兩百公尺包括背後那遍小丘陵在內的防地。老阿婆所居住的三家村就成了葉排的後方僅有的民眾。只是這些民眾並不是納稅人；田賦捐稅一概蠲免了，這是戰地，不用說了，執政黨的政策要這麼做。且不光是免除賦稅，兵們奉命反過來供養這在戶籍上雖是三家而實際只有四個老人的後方民眾。

「我牧養我的子民！」葉平他的弟兄們時常自我戲謔，「我們是一個袖珍型的軍政府。」

交代的排長這樣交代過葉平：

「這就是戰地——排也要辦民事。」

「那不是要設個民事官嗎？」

交接雙方，談笑間都很愉快；一個要回到後方去籌備參加軍人節的集團結婚，一個發現新任務裡有個童話故事。瞧那個古怪的老阿婆，瞧老阿婆那棟古怪的西式小樓，就會導人誤進「糖菓屋」的故事裡。

「我們有個黑編制，」快做新郎的交防排長說：「一個專門送飯送菜給老阿婆的充員戰士，大家都喊他民事兵。」

「是一樁嚕嗦事兒，」那位排長特別領葉平到三家村，給他當面交代了一番：「我們不敢讓他們知道又要換防了；其他三位老人倒沒什麼，這個姓顏的老太婆不好纏……」

——當真她有做一棟糖菓屋的法術？

隔一小遍方場，葉平望見那個坐在正堂裡埋頭搓繩子的老嫗，真相信她有一套巫術。

「你別笑，不是玩兒的，她能罵得你冒火。要想叫她臭罵你，很容易；我們現在進去什麼話也不用說，只要看到你也配戴著少尉領章，就會立刻敏感到我們要調走，你們要來接防。行了，老太婆就會一手扯住我不准走，一手指著你罵個沒完兒，什麼樣不堪入耳的髒話全都罵得出。當初我們來接防，交接時不當心讓她知道了，嘿，那可熱鬧了！」

「以為你弒君篡主的亂臣了！」葉平忍不住打出這個比譬。

「對，就是那味道。」準新郎的排長苦笑笑。「總之，這個老太婆總是把接防的部隊看做仇人一樣，一直罵到你調走為止。」

「又成了寶貝了！」

「可不是麼？調走的部隊永遠是天王菩薩，接防的部隊永遠是臭狗屎。你事先知道老太婆這個毛病，就不用冒火了。」

「那是喜舊厭新的思鄉病。」

「弟兄們都叫她明星花露水——越陳越香。」

「這些弟兄們好調皮。不過對老太太來說，好像太脂粉了。」

其實老阿婆還有個年輕香豔的芳名呢——顏葉鴛娘。

「我們葉家的姑奶奶。」葉平趣味的稱呼著這位老太太。

「那真巧，」一駐料羅的同學金克家在電話裡高興的說：「我們這兒有位列入交代的老阿婆，正是咱們金家的祖奶奶——金林笑娘，笑嘻嘻的，不像你們葉家姑奶奶，那樣厚古薄今，不好伺候……」

這麼樣看來，金門老一代的婦人，似乎取名字都有一個標準規定了。在葉平防地裡，另外的那兩位苦老阿婆，一個是薛林念娘，那一個可不很雅——莊粱炭娘，不過並不名符其實，白白淨淨的老太太，找不到一絲兒炭黑，頭髮和眉毛都銀白銀白了。

於是在這位充員官葉少尉的麾下，除掉三十一員戰將，更還有治下的四個子民。金門的地方行政屬於軍政府型態，葉平便打趣的以小型軍政府首長自居。然而治下的四個子民裡有了這位葉家姑奶奶，他這個小首長可並不好幹。

禿的丘陵稜線上，老婦人傴僂的背脊壓以高得可怕的堆雲，身的右半邊則披著金屬的夕照。飽足的，然而卻是孤苦的影子；一生的憂苦堆積起來，何止她此刻駝負的堆雲那麼高？即使高如一座又一座的額非爾士峰。

七十二歲冗長的生命，應該是比誰都冗長。當老阿婆的芳齡最能吻合「鴛娘」這個年輕的芳名時，便已一鴛一鴦的遠隔重洋了。等到遠去南洋淘金的男人淘得黃金歸來時，卻用一棟袖珍型小洋房和足夠她頤養餘年的金銀，從她懷裡帶走她一手撫養成人的兒子。如今遠在南洋的兒孫們都還那麼賢孝，時不時匯來叻幣或比索，給老祖母披上半身金屬的夕照，然而金金銀銀什麼也不當用了，叫七十二高齡的老婦人到哪兒去揹一袋白米回來？到哪兒去挎一簍菜回來？叫她到哪兒去找個人來膝下承歡喲！

僑鄉金門便有這麼多富足的，然而，卻是孤苦的影子。馱載了一生的愁雲，披半身金屬的夕照，什麼也不當用了。

直到那個富足的，然而卻是孤苦的影子，落日一樣搖搖晃晃的落進禿的丘陵稜線的那一邊。

直到看不見那傴僂的影子，葉平俯下身子看看拄在手裡的圓鍬，彷彿還須在這一柄磨亮的圓鍬上繼續的看到什麼，發現一些什麼。

掌心裡，每一個指根便有一顆水泡。泡破了，辣辣的痛著。然而構工總是沒有完的時候。坑道，掩體，金門島自成一個地球，大兵們要在球面上和地層下挖掘每一度的經線和緯線，不因為手泡破了，辣辣的痛著，而願意停工。不因為手泡破了，辣辣的痛著，排長便可以退到兵士們的後面作監工狀。六十二隻眼睛仰望你，看到你每一顆手泡，看到你一鍬剷起多少泥砂——看你是用圓鍬當作理髮店的耳挖子，還是當作打衝鋒的飯鏟子。身先士卒大約就是這個意思。

初來連部報到，連長不放心放他當排長。

「三十多個調皮搗蛋的兵老爺，你帶得了嗎？」

「據我所知，艾森豪威爾統率四十萬大軍登陸諾曼第，只不過指揮三個人。」

連長深深的看他一眼。「好罷，我們中國軍官就缺少這點兒狂妄。」

而艾森豪威爾卻用不著對付葉家姑奶奶這些婆婆媽媽的麻煩。「你們這一批爛蕉阿兵哥，飯是冷的，菜也嚼不動，我去報告你們司令官！」總是這些。但總是陪上笑臉，好像承認飯真是冷的，菜真的嚼不動，要有小館子跑堂的那種忍耐。需要狂妄一些的中國軍官，卻要面對這麼多的煩惱；要在磨破了手泡，辣辣的痛著之外，做個不繫圍裙的大司務。

這些哭不得笑不得的煩惱！

兵士們不服氣：「餓她兩頓就好了，餓這個怪老婆子兩頓！」

可是要命就要命在他和他的兵士們懂得這事一定要做好。

自然不會是單純的奉守命令，不會是所說總體戰中心必備的群眾戰，也不全是要過一過最小型軍政府首長的癮（那個是笑話）……然而該是什麼呢？禿的丘陵稜線上那個搖抖的蒼老的影子，單是這個也就夠了。

這些煩惱——姑且叫做煩惱罷——，葉平都不曾在家書裡稟告過他那位身為政府高級官員的父親，不特別為著什麼緣故；然而卻在一週一信裡，跟比他低兩班的女友訴說過。而從她那裡得到的不過是些不關痛癢的泛泛的安慰，他要的可並不是安慰，何況泛泛！

兩個世界——他和她，被隔在兩個世界裡，就好像這個島群和對岸之隔在兩個世界裡。同學們不也是常有這樣陰陽怪氣的老祖母嗎？就算我們也幸，也不幸，有這麼一個老祖母愛我們，折磨我們……然而畢竟那不是老祖母，不是無可奈何的先天的親情。從這位老阿婆那裡也得不到愛，只是不斷的折磨。

團部裡來了慰勞團或者康樂隊，總是緊記著不要忘掉去請那四位老人家。如若不然，讓老阿婆們聽見擴音器傳來的歌聲和掌聲，當夜，這位葉家的姑奶奶，就會摸索到陣地裡來，找上門來算賬：

「好啊，說你們都是壞蛋，晚會也不給我們看了，我去報告你們司令官去……」

這也不是好處理的大事，派個弟兄打著電筒陪送到團部去——至不濟，揹她去，好在就那麼一把老骨頭，不見得就比八二迫擊砲的砲盤重多少。可是沒這麼輕鬆呀！黑漆漆的陣地誰弄得清那是哪一個，儘管你口令喊破了嗓子，也沒應的，黑影老往這邊走。充員戰士們一擔任哨兵就沉不住氣，三聲口令沒有回應，好了，槍可托平了，要命的買賣，把葉家的姑奶奶擺平了，那該怎麼收拾罷。即使不至於這樣，陣地附近的雷區萬一給老阿婆踏進去了，行政、法律、所有責任都可以不必承擔，良心上要看你怎麼交代了。

總得緊記住要去請姑奶奶們看晚會呀，千萬別讓她們摸黑闖進陣地裡來。

然而派弟兄去接送嗎？

「哪個要看你們晚會？給我滾開……」

老阿婆總是沒有好顏色，數說著，罵著，換著出門的衣服——老阿婆的大禮服，漿得硬硬的大衫，紙糊的那樣又板又翹，四下兒不貼身，送老的壽衣也就是那個式樣兒。

穿戴好了該起身了罷，還是口口聲聲不樂意看你們倒楣的晚會。攙也不要，扶也不要，伸過手去就給摔開，不要你們這幫壞阿兵哥沾一沾，晚會有什麼好看？當然，走乏了之後，阿兵哥就會揹上一程的。揹到背上也還是要沒好氣兒的罵罵噌噌：「把我顛死了，你這個壞郎。走慢點不行呀，趕到什麼所在搶命了麼？」

「我真要揩足了勁兒，把個老不死的給摔到大海裡去！」八班的老班長回來就發狠。能對這麼個老阿婆發狠麼？老阿婆沐半身的金屬夕照，漫過丘陵禿的稜線消失了，堆雲垂在丘陵上，老阿婆走進雲裡去了麼？

收工罷，錶上指到六點二十七分，坑道口，小方塊的天井裡，炊事兵已經打好了飯和菜，擺了五堆兒。交代給值星的八班老班長，收工、洗澡、開飯，這又是一天。對葉平這個預備役軍官來說，除非他要求留營，過完了這一天，他的預備役可又減少了一天。充員戰士們不是用數饅頭來計算多早晚退伍麼？數吧！數數自己還有多少饅頭可吃；數數自己還有多少要受葉家姑奶奶氣的日子。

數吧，沒數清楚還有多少饅頭可吃，倒要數數砲彈了——對岸轟過砲彈來，連連的就是一窩兒，數不清多少發。

沒有什麼稀奇，轟吧！這是葉平來到金門以後，不知第幾次聽見砲聲了。不過這一次一開始就很兇，近乎惡夢裡打的囈譫，沒頭沒腦就嗯嚕嗯嚕的撒開了。

看見有兩個弟兄臥倒，鋁質面盆丟得很遠，車輪兒一樣的滾著滾著……還不曾經驗過這樣近又這樣像回大事兒的砲擊。

他站在那兒，把自己忘掉了，喝叱一位弟兄：「還不臥倒！」又指責另一個趴在地上的新兵姿勢太高了。而他自己像根樁子，又細又長戴眼鏡的木樁。視界裡——不如說在那兩圈眼鏡框子裡，遠處近處一陣子黃煙又一陣子黑煙，濃濃的亘射和濃濃的翻騰，在禿的丘陵這邊，在黑色的太武山那邊，海裡湧起菇一般的水柱，陸地上有枝枝椏椏的物體揚上半空……而後他發現到自己的存在，我是誰呢？站在這兒？

而後他臥下去，倒在交通壕岸邊的新土上，紅砂，晶瑩的粒顆，使他暈眩，彷彿暈船以後見到面盆裡晃盪的水波那樣的暈眩。而砲彈炸在背上，胸膛貼在震抖的紅地，所有的感覺都是這麼的無情而冷硬……。

怎麼會這樣一口氣也不歇的轟擊呢？找不到解釋的疑問。面前的新砂給他一種墳土的感覺，如果我死在這裡，我多麼有幸！有誰能在臨終見到自己的墳土！葉平的感覺頓然複雜起來，多少親人，多少摯友，多少不曾來過記憶裡的前塵舊事，在針尖兒那麼大的瞬息的時空裡，一下子齊湧過來，為什麼呢？多少虧負，多少不該和不齒，生命曾是那麼樣的骯髒麼！不可信的那麼齷齪！卑污！來不及了，再也來不及了，有生之日就只剩這麼一丁丁點兒，什麼作為也不容許了，砲擊之下的觖望，絕望，一切盡都失落，沒有什麼再是我的，只這一堆紅砂，紅土裡晶瑩的顆粒……。

親人都會安全的，那就好。然而交通壕裡豈不安全麼？這才葉平突然憬悟了，只不過一個滾身，人就硬邦邦的掉進比較安全的坑道裡。

可是怎麼辦，那幾位老人？

當這樣的時候，人的思緒為什麼這樣一個突然又一個突然？全不是相聯，那些不斷而來的突然，全是砲彈一樣，在這裡爆炸，在那裡爆炸，千顆萬顆砲彈，打在以他的神經中樞為中心的球面的上下左右每一個細密的空間。那是刺蝟的毫針，每一根每一根反方向的集中著倒刺進來，還會有處可躲麼？要命，那四位老人，我的子民，吾土吾民，而吾居然如此恥辱的安全著。

不成，我必須想個辦法。

砲擊加倍的嚴重，而且比開始時不知加多少倍的嚴重，不分點兒的爆炸，給他的感覺只是大群的餓狗齊嘈嘈的咬架。

但是一個個活過來了，臉上死亡的顏色褪去了，在不知嚴重多少倍的砲擊裡，兵士們反而比開始時寧靜、持重而活潑，所有一個活生生的漢子必須的生活、開飯、抽煙、罵人、揮泥土、找面盆、找狗、撒尿、開玩笑……坑道裡生活了起來。

三十一員戰將，沒少一員，也沒有誰擦傷一塊皮肉，這就不是意料得到的。發生意外了，發生意外了，大夥兒熱烈的複誦，因為那樣不計其數的盧布打過來，意外的沒有打傷這個陣地裡任何一個人，而且狗也找到了，克難雞也回來了。

然而那四位老人啊！

大夥兒焦灼的叨念，夜就很早的蒙扎了坑道裡每個大兵的眼瞳，全是聽覺的天下。而與其聽這種砲聲，寧可捱葉家的姑奶奶罵罷。

我沒有努力的機會了，葉平不停的提醒自己。夜光錶的燐綠，唯一可以給寂寞的眼睛解饞的光亮。齒縫裡有吐不淨的沙，而他不停的提醒自己，還能為葉老姑奶奶做點什麼呢？恐怕只有為她戴孝的份兒子。

但在黎明的丘陵稜線上，蒼老傴僂的剪影出現了。不是昨日晚霞裡那樣馱著層層堆雲，蒼老傴僂的剪影漂浮於炮火後遲遲不肯落塵的灰煙。漂浮來了，那幽靈！準備為她服孝的幽靈，他們一眼就認得出。

葉平只憑一個衝動，一個拉單槓的正面上動作，縱出坑道。為什麼不？為什麼不？能在戴孝之外再做些什麼豈不就是絕處逢生的喜悅麼？砲聲已寂，已經苟安了一夜。迎上去，田野上浮盪著煙硝的辛辣，然而有沁人的夾著海腥的晨風。背後兵士們叫喊，背後有追趕的腳步，都是其次和其次。機械的腿在飛快的划動，眼鏡片上有霧濕，顴骨上的肉在眼底下跳動，除掉奔向那踹在雲端裡蒼老傴僂的剪影，所有的都是其次和其次。

喘著，什麼也說不出。而老阿婆木木的站在那裡，直著眼睛，塵灰了她一臉的蒼老。罵罷，罵罷，敵人加害於你的，罵罷，我承受，替敵人承受，因我不能為你俘來敵人送給你責罵，都加給我罷。穿一身的汗，一身的騰熱，葉平遲遲的走過去，隔著一個彈坑和四周燒黑的草根，煙仍裊裊。

乾枯的手伸過來，伸到葉平的臉上，不知是測不出距離，還是不敢觸到一片潰爛的什麼，那手沾著紅泥，在他眼前遲疑的摸索。他向前挪動一下，湊近乾枯和紅泥，但老阿婆的手突然縮回去。恐懼，一剎那。隨即是喜悅，從不曾見過有這種喜悅在這張矯情的臉上。雖然現在在那上面塗了不勻的灰煙和塵土。

葉平似乎憬悟了。他緊緊握住那手，那枯椏，那顫抖的溫熱……。

「老阿婆，我們沒有死，我們一個都沒有。」

「好，我們死了一半！」老阿婆的下巴一陣子劇烈的顫抖。

「他們？……」葉平衝動的想到這就有個舉動。

「他們兩個？」他從老人的頭頂上望過去，想能漫過山脊望到一個究竟。

而背後有兩個兵士追上來，帶來嗯嗯的喘聲。

「你們沒有砲彈了嗎？」

「有！」三個一起出口。

「怎麼不打過去?」那一對老灰了的眼睛射出少見的凌厲。

「我們打了。」

「不要瞞我,不要瞞我,」老阿婆雙手伸到衫底下探索。「你們哪,沒有就是沒有,告訴阿婆呀,傻孩子!」

解下一根腰帶,一根黃澄澄的腰帶,一串密密密密的金箍子。

「阿婆不是有嗎,你們還瞞著。」

風把一頭白髮吹裹到臉上。

「去買,去買,去買砲彈……」

「我們砲彈多得是。」

「還說,你敢再說!」

又是要開罵的臉色。

「一顆能買多少?說!」

「這個……」

「十萬個砲彈!」八班班長豎起十個指頭。

「噢,都拿去,快去買,快去!還愣在這裡像根爛蕉……」

他們在老阿婆的臉上看到憤怒和喜悅的混合。

看到晨熹在老阿婆的白髮上鍍一層銀。
他們看到他們所不知道的這新的一天之開始。
這是中華民國四十七年八月二十四日的黎明時分。

賞析

石曉楓／文

《八二三注》為朱西甯以金門為背景的代表性長篇戰爭小說，全書約六十萬字，以著名的「八二三砲戰」為藍本。一九五八年的八二三砲戰，持續四十四天，中共計發射近五十萬發砲彈攻擊金門，本文亦奠基於此史實背景，生動描寫戰地駐軍與周邊百姓的互動，收尾明確標明「這是中華民國四十七年八月二十四日的黎明時分」，可視為《八二三注》的前篇。

小說首先以優美的文辭描繪金門八月的陽光與雲谷，但幽靜中卻暗藏著死亡氣息，為之後即將來臨的八二三砲戰埋下伏筆。戰事前夕，顏老阿婆的影子漸漸由遠方走來，從而帶出交防排長口中的「麻煩事兒」，原來駐防之外，軍隊奉命猶需供養陣地附近三家村的四名老人，其中最難纏的顏老阿婆，炊事兵飯菜打理得不好，便到陣地裡罵阿兵哥；軍隊裡來了慰勞團或康樂隊表演，疏於通知，阿婆也來咒罵；民事兵接送阿婆看演出，馱在背上她則嫌路顛骨痛。

儘管聽聞如此情事，但在接防的葉平少尉眼中，金門的風土彷彿與顏老阿婆的形象融為一體，「層層疊疊的堆雲底下，顏老阿婆去遠了，彷彿是那堆雲過份沉重，而傴僂了這個老嫗」、「一生的憂苦堆積起來，何止她此刻駝負的堆雲那麼高？」老阿婆走在「禿的丘陵稜線上那個搖抖的蒼老的影子」反覆出現，暗示其無理行徑下的隱衷與生活質地：年輕時遠去南洋淘金的夫婿，返鄉帶走她一手撫養成人的兒子，老來阿婆無人承歡膝下、無人照料生活起居。而村裡多的是此類需要官兵照料的老人，紅砂地裡工作、小房宅裡搓繩，這些一生駝負的苦難，藉由葉平之眼引發讀者對阿婆的悲憫、同理與敬重。

然而在數饅頭等退役的日常生活裡，戰事不期而至，葉平少尉於驚險指揮之際，驀地興起「我是誰呢？站在這兒？」的疑惑，此處輕描淡寫出烽火將啟間，存在與虛無的思考發端，此後朱西甯便以大段意識流描寫，呈顯葉平面臨砲擊時想到「如果我死在這裡」的種種心理狀態，以及戰事下其情感思維之所繫。情思流轉間，忽爾「要命，那四位老人，我的子民，吾土吾民，而吾居然如此無恥的安全著」的瞬間想法，復將其帶回了現實場景。

小說最後描寫一夜砲火之後，隔著彈坑和焦黑的草根，葉平與阿婆重逢的一幕分外動人，他們在幽靈、死亡的魅影間指認著彼此的氣息，並回報傷亡狀況。此處朱西甯細膩描寫阿婆確認兵員均安後，由恐懼到喜悅的神色；阿婆解下腰帶，拿出一串金箍子，要士兵去買砲彈的舉動，復顯示了軍民、老少一致面對戰事的決心，黎明之際，他們於是「看到他們所不知道的這新的一天之開始」。

孤懸之島的命運未卜，然而朱西甯描寫戰士與金門老嫗間動人的情懷，以及彼此一致的信念，為戰地烽火帶來了溫暖又堅韌的力量。

朱介英／攝

陳長慶

ABOUT

金門碧山人，一九四六年生。長期致力於邊陲文學之書寫，樹立個人特殊風格，展現對社會與島嶼之關懷。一九七三年（民國六十二年）與友人創辦《金門文藝》雜誌，擔任發行人兼社長。著有《日落馬山》、《鳳英嫂》、《晚春》、《金門特約茶室》……等文學與文史作品四十餘冊。《陳長慶短篇小說集》由越南胡志明市國家大學五位學者翻譯成越南文，在越南出版發行；中越文對照本則由行政院金馬聯合服務中心印行。曾獲第二屆金門文化獎，四度獲國史館臺灣文獻獎。閩南語詩作〈阮的家鄉是碧山〉由公部門鐫刻成詩碑，立於縣定古蹟睿友學校左側。現任金門睿友文學館館長、中華金門筆會理事、金門縣采風文化發展協會榮譽理事長。

將軍與蓬萊米

今天，無意中在報上看到一則訃聞，那是將軍與世長辭的消息。

1

認識將軍，是三十餘年前的事。他中等身材，略顯肥胖，緊身的草綠色軍服，熨燙得平平整整，腰帶上的銅環擦拭得閃閃發光，但黑紗帶並沒有扣緊腰際，而是鬆鬆地滑落在微凸的下腹。稀疏的髮絲採四六分邊，用資生堂髮蠟緊緊地黏貼在頭皮上。多皺的臉龐長年掛著一絲微笑，而那份笑，與他那對不正眼瞧人的三角眼相較，並不對稱。從東看來，給人的感覺是皮笑肉不笑；從西一望，不僅奸滑且帶點色，這就是將軍醜陋的臉譜，不是慈祥的容顏。

那年，我任職於金防部政五組，將軍調來政戰部當副主任時，只是一個上校，然佔的卻是少將缺。翌年元旦，在各方不看好下，卻風生水起好運來，順利地升了將軍。從臺北受階回來後，他刻意地巡視坑道內所有的辦公室，除了接受各組組長和諸參謀的恭賀外，其最終目的當然是要要將軍的威風，也藉此告訴眾家，他可是與海、空軍副司令官、主任、參謀長、首席副參謀長，砲、後指部指揮官、作戰協調中心總協調官，同是少將官階，一副得意忘形的模樣讓人覺得可笑。雖然此生與將軍絕緣，但在大單位看多了星星，再增加一顆，也就感覺不出有什麼稀奇了。儘管如此，在將軍面前，誰膽敢不畢恭畢敬、立正站好。

將軍督導的雖是一、三、四組和辦理黨務的金城辦公室，然而，他卻是首席副主任，一旦主任赴臺公幹或返臺休假，坐落於武揚營區的政戰部，即由他當家。

將軍並非老廣，卻嗜食狗肉。

將軍酒量不錯，酒品則奇差。

政戰部所有的官兵，幾乎無人不知、沒人不曉。

儘管我們的業務並非將軍所督導，但我還是經常被傳喚，而且每次都與特約茶室有關。

將軍除了關心特約茶室的營業狀況外，對於內部情形、人員調動、侍應生票房紀錄……等等，凡涉及到特約茶室的事宜，幾乎無所不問。起初我並不以為意，久了，倒也知道其中的一些蹊蹺，原來，將軍不僅嗜食狗肉，二杯黃湯下肚後，更喜歡到庵前茶室買票尋歡，無形中，對特約茶室的業務也就格外地關心。坦白說，庵前茶室的營業對象原本就是少校以上軍官，有將官願意進去買票，何嘗不是它的光榮，身為業務承辦人，當然是與有榮焉。

據說吃狗肉能強身禦寒，喝狗鞭酒能壯陽補腎，而兩者都是將軍的最愛。若依將軍強壯的身體，又不必養精蓄銳等待反攻大陸，每週到庵前茶室買張票相信是沒有問題的。除了侍應生所得外，金防部又可獲得好幾千塊的福利金，三個月累計下來更是一筆可觀的數字，當我在福利委員會向司令官報告時，絕對會得到肯定和讚揚，但卻不能說是將軍的功勞。

除了公務外，將軍坐落於政戰管制室旁邊的辦公室，並不是每位參謀都能隨便進去，也並非想見就能見到將軍不正眼看人的容態。而我卻有幸，在一個酷寒的週末，陪同將軍在武揚文康中心吃了一頓狗肉。在座的還有組長、藝工隊楊隊長、顏小姐以及文康中心管理員劉士官長等人。

「狗肉」文雅一點的稱它為「香肉」。第一次看到這二個字，是一九七〇年初冬，在高雄處理廢金屬品的時候。那天陪同唐榮鋼鐵公司相關人員到十三號碼頭，看完那堆破銅爛鐵已是中午，當我準備回國軍英雄館午餐，經過一棟鐵皮與木板搭蓋而成的違章建築時，遠遠就聞到一股中藥的香味。門外的木板上掛著一塊「香肉上市」的小招牌，早已有人坐在簡陋的桌椅上品嚐著熱騰騰的香肉。然我心裡卻一直在想：香肉到底是什麼肉？看他們一個個吃得津津有味，又隨風飄來陣陣當歸香，的確讓我垂涎三尺。

剛右轉進入五福四路，我隨即又轉回頭，好不猶豫地走進香肉店，在靠牆的一個角落坐下，掌櫃和跑堂的都是上了年紀的退伍老兵。

「老弟，香肉？」

我點點頭。

「要大碗還是小碗的？」

「隨便。」

不一會，跑堂的已為我端來一大碗香肉，我用筷子輕輕地翻攪了一下，除了有好幾塊連皮帶骨的肉品外，湯裡還有少許的中藥材，以及曬乾後再放進去燉的橘子皮。然而，就在我大快朵頤時，卻看見另一張桌下用麻繩拴著二隻大黑狗，正趴在地上啃著骨頭。我放下筷子，目視碗中連皮帶骨的香肉，腦裡卻不停地思索著：或許，我現在吃的正是狗肉，而桌下的狗正啃著同類的骨頭。雖然有點不可思議，但我還是把滿滿的一碗香肉吃完，也同時和狗結下了樑子，每次相遇，不是被吠、就是被追，甚至被咬。

我始終不明白，士官長為什麼捨得把那隻既乖巧又可愛的小黑狗殺掉，烹飪後為什麼不請主任、或者是督導福利業務的副主任來分享，反而請來這位不正眼看人的將軍。難道士官長殺狗是受到他的慫恿？還是投其所好用狗肉來巴結他？詳細的情形我並不清楚，說多了也挽回不了那條狗命。但我還是尋機詢問士官長殺狗的原因，他無奈地告訴我說：「將軍說過好幾次了，殺就殺吧！」

那晚的狗肉大餐，真正的主客當然是將軍。因文康中心隸屬於福利站，士官長好意邀請組長和我當陪客，組長復又邀請藝工隊長和顏小姐一起參加。組長的確是面面俱到，他深知狗肉和酒是將軍的最愛，如果沒有美女來相陪，勢必是美中不足。顏小姐不僅麗質天生、待人誠懇、唱跳俱佳，是藝工隊不可或缺的靈魂人物。組長也知道我和顏小姐很熟，他設想之周到讓我不得不佩服。坦白說，如果沒有她的參與，讓五個大男人共進狗肉大餐，其氣氛勢必會單調點。

我帶了一瓶益壽酒陪同組長來到文康中心，士官長已擺好了碗筷，將軍、隊長和顏小姐也已就座，香噴噴的狗肉很快就端上桌。當我打開瓶蓋為將軍斟滿酒時，他瞇著三角眼，難掩喜悅的形色，順手舉起杯，無視旁人的存在，自己先輕啜了一口，復又東挑西選，盛滿一碗肉質較佳的狗肉，就那麼狼吞虎嚥地吃了起來，只見他一口狗肉一口酒，吃得不亦樂乎。

將軍的酒品早已耳聞，今日有幸親眼目睹他的吃相，的確令人不敢苟同。酒過三巡後，他的嘴唇已粘滿著一層反光的油污，唇角有白色的泡沫在蠕動，酒液沾在微戹的下巴上，時而還用筷子或手指伸入口中，從牙縫中剔出殘餘的食物，然後往桌上一抹，這種惡心的動作，或許只有身經百戰的將軍才能做得出來。而在座的都是他的屬下，誰膽敢說他的吃相不文雅？

將軍已微醺，滿布血絲的雙眼緊緊地盯著對面的顏小姐。從他帶色的眼神，很快就露出一副令人切齒的豬哥相。

「來、來，坐過來。」將軍瞇著眼，對顏小姐說：「我給妳看看手相。」

顏小姐笑笑，並沒有站起來。

「報告副主任，您會看手相？」隊長有些疑惑。

「老實告訴你，」他指著隊長，「我嘛，十八般武藝樣樣通，手相這玩意兒，只不過是雕蟲小技。」而後轉向顏小姐，「來，坐過來，讓我瞧瞧妳那雙細嫩的小手。」

「報告副主任，我從來不看相的。」顏小姐羞澀地笑著，依然沒有站起來。

「怕什麼？」將軍搓搓手，三角眼一眨，兩道眉毛突然間豎了起來，哈哈地冷笑了二聲，而後得意地說：「我這輩子不知替多少女人看過手相、摸過多少女人的手，簡直是數也數不清啊！來，過來，讓副主任幫妳看看手相，看看什麼時候能找到好婆家。」

顏小姐伸手理理鬢邊的髮絲，尷尬地笑笑。

「妳坐過來，」一坐在將軍身旁的組長站了起來，挪出椅子，面無表情地對她說：「不要辜負副主任的一番好意。」

隊長苦笑地搖搖頭。

顏小姐站起身，無奈地走到將軍的身旁，尚未坐穩，將軍已迫不及待地拉起她的手，瞇著一對色眼，仔細地端詳了好一會，而後輕輕地撫撫她的手背，再搓揉她的手心，興奮地對著在座的人說：「你們看看她這雙手，既白皙又柔嫩，我這輩子還沒有摸過一雙像她那麼細嫩、柔軟的小手呢！」

顏小姐收起了笑臉，內心盈滿著一股強烈的不滿和受辱感。她猛地一掙，把手縮了回來，紅著眼眶瞪了將軍一眼，坐回自己的位置。

「怎麼了，不高興啦？」將軍的豬哥臉一拉，指著自己的領章，板著臉說：「我官那麼大，年紀也一大把了，難道還會吃妳的豆腐！」

「副主任您別生氣，」隊長陪著笑臉，「顏小姐年紀小，不懂事，請不要見怪。」

「一個在康樂隊靠唱歌跳舞混飯吃的女人，有什麼了不起嘛，漂亮的女人我見多了！」將軍雙眼望著天花板，不屑地說：「別高估了自己！」

「你先送顏小姐回隊上。」組長對我說。

顏小姐雖然有些失態，但依然禮貌地向在座的人一鞠躬。我陪她走出文康中心的大門，她就失控地哭了起來。

「別和這種人計較啦！」我安慰她說。

「你沒看見他把我當成什麼啦，難道在康樂隊唱歌跳舞的就不是人？」她傷心地詛咒著，「這隻老色魔，遲早會得到報應的！」

「妳放心，如果他不知節制，喝起酒來三天二頭跑特約茶室，粘著蓬萊米不放，誠然不遭天譴，絕對會有梅毒纏身的一天。屆時，就讓梅毒的毒素慢慢地來侵蝕這隻老豬哥吧！」我有些兒激動地說。

「蓬萊米，」她迷惑不解地問，「誰是蓬萊米？」

「庵前茶室的侍應生。」我向她解釋著說：「她的本名叫黃玉蕉，票房紀錄不錯，很多高官都買她的票，甚至還為了她爭風吃醋、大打出手。我們這位豬哥將軍就是她的恩客。」

「真有這種事？」她疑惑地問。

「我什麼時候騙過妳，」我坦誠地說：「為了特約茶室以及蓬萊米的事，還經常被叫去訓話，有些事我實在不好意思告訴妳。」

「看他那副色瞇瞇的模樣，就知道不是一個正派的人。」

「這年頭不一樣囉，只有這種喜好酒色的人，才懂得逢迎拍馬、求官之道。」

「俗話說得好，善有善報、惡有惡報，只是時辰未到。」她有些暗喜，「總有一天會得到報應的！」

「好了，我就送妳到這裡，」臨近武揚台，我停下腳步，低聲地說：「別把今晚的不愉快放在心上，早點休息，知道嗎？」

「嗯。」她含情脈脈地凝視著我，而後，落寞地向武揚台那盞微弱的燈光走去。

重回文康中心，將軍的怒氣似乎還未消，遠遠就聽到：

「他媽的，什麼玩意兒，只不過是一個唱歌跳舞的，自以為了不起啦，比她漂亮的女人多得是！」

「報告副主任，喝酒、喝酒，」士官長把杯子舉得高高的，試圖化解他的不愉快，「益壽酒喝完後，我床鋪底下還有自己泡的藥酒。」

「什麼藥酒？」將軍精神一振，「用什麼藥材泡的？」

「狗鞭、人參、當歸、茯苓、杜仲、巴戟天、五味子、肉蓯蓉，還有鎖陽。」士官長屈指算著。

「為什麼不早說，」將軍急迫地，「快去拿來。」

士官長一轉身，將軍終於露出一絲笑意，順手把杯中殘存的酒喝完，再把酒杯往前一推，期待下一杯狗鞭酒。而喝後是否真能壯如狗鞭，或許，只有將軍的心裡最清楚。

「當了半輩子的官，」將軍斜著頭、瞇著眼，趾高氣揚地對在座的人說：「我既不抽菸、又不賭博，唯一的嗜好就是喝點小酒，吃吃狗肉，替女人看看手相，偶爾到軍中樂園買張票，僅僅這幾點嗜好而已，其他的我一概不沾。」他說著、說著，竟又激動了起來，「我這輩子最討厭那些假惺惺的女人，像藝工隊那位顏小姐，雖然長得不難看，但卻不識相。我只是想替她看看相、幫她解解運，你們說，看手相能不碰手嗎？我只不過輕輕摸了她一下，就不高興啦！她也不睜眼看看，我是堂堂正正中華民國陸軍少將，摸摸她的手是看得起她、抬舉她。老實說，論美豔、論姿色、論氣質，她那一點能比得上庵前茶室那位蓬萊米，每次都把老子服侍得服服貼貼的，這才叫女人！」他說後，突然轉向我，「聽說你跟顏小姐的交情不錯啊，不管是真是假，我都要鄭重地警告你，你年輕、有前途，不要跟康樂隊那些唱歌跳舞的女人混在一起，知道不知道？」

我雙眼凝視著他，沒有做任何的回應。士官長適時取來半瓶浸泡的藥酒，將軍喜悅的神情，儼若見到既粘又爽口的蓬萊米。他拿起瓶子，仔細地端詳了一番，而後興奮地說：「這條狗鞭還真不小，這隻狗少說也有四、五十斤重，是黑狗吧？」

「副主任好眼光，是一隻純種的黑土狗，拴在後面那株芭樂樹下餵養的，連母狗都沒有碰過。這條狗鞭，好就好在這裡，加上珍貴的中藥材，整整浸泡了一年多，喝過後馬上見效，像這種又濕又寒的鬼天氣，少穿一件毛衣也不覺得冷。」

「少穿一件毛衣有什麼屁用，」將軍不屑地，「喝過後那話兒管用又能持久才稱得上神奇啊，其他的都是廢話！」

「副主任您一試就知道啦，」士官長笑著說：「我敢保證，喝過後馬上見效，一定能隨心所欲，讓您天天吃蓬萊米而不厭倦。」

將軍樂得哈哈大笑，其他人雖然感到羞愧，但卻懼於他的官階，無奈地附和著他那充滿淫佚的笑聲。

2

黃玉蕉來金門服務已一年多了，憑著她烏黑的大眼，甜甜的笑臉，魔鬼般的好身材，以及年輕就是本錢的優勢，她的票房紀錄在庵前茶室始終沒有人能打破。或許也是基於這個理由，從她初踏上金門這塊土地、被分發到庵前茶室後，就一直沒有把她調動。因此，她所接觸到的，白天都是少校以上的軍官，晚上則是有車、有夜間通行證的高官。黃玉蕉除了年輕漂亮外，據說還有一套異於其他侍應生的謀生本領，大凡嚐過甜頭的客人，彷彿都會被她粘住似的，往後一個個都會成為她的老主顧。上校寧願等少校出來，少將也心甘情願地枯坐在管理員辦公室等候，除非不得已，也不輕率地買其他侍應生的票。於是，眼紅的侍應生，就為她起了一個綽號，叫——蓬萊米。

坦白說，在六〇年代戒嚴軍管時期裡，金門人吃的幾乎都是生蟲發霉的戰備米，蓬萊米對於一些沒有出過遠門的朋友來說，絕對是陌生的。雖然幾次因公赴臺，在友人家吃過，它不僅潔白、米質好，吃起來既Q又爽口，其口感與戰備米相較，簡直是天壤之別。庵前茶室侍應生替她們的同夥命起這個渾名，絕對是褒而不是貶。而蓬萊米這個綽號，也逐漸地蓋過黃玉蕉的本名，讓她在軍中樂園裡，受到百般的寵愛，票房紀錄歷久不衰。

然而，高票房的侍應生，相對地也是高危險群。依特約茶室轉呈上來的會計報表來看，蓬萊米一個月裡，曾經售出近一千五百張的娛樂票，平均一天接客二、三十人次，當然其中有小部分是加班票。儘管侍應生每週一都要做例行性的抹片檢查，三個月必須抽血檢查，但還是不能讓性病完全杜絕。試想，一個一天和幾十位男人性交的侍應生，再怎麼防範，依然防堵不了性病的侵入。然而，倒楣的並非只有侍應生，那些守候在這方島嶼等待反攻大陸，偶爾必須到特約茶室解決性事的三軍將士，也不能倖免。雖然好心的軍醫組在每處售票口都張貼「性病防治須知」，教導官兵如何防範性病，但似乎很少人會去信那套：「事前多喝水，事後要小便」或戴上免費提供的「小夜衣」，因此，中鏢的嫖客不分官或兵。

若依常情來判斷，高官中鏢的機率往往會比小兵高，因為侍應生有一對勢利的雙眼，不敢得罪大官。有些高官為了能在侍應生懷裡多一點溫存，會另給小費來博取她們的歡心，以期辦完事後，還能賴在她們床上磨蹭磨蹭。然若依醫學常識來分析，男性在洩完精後，其性器官的抵抗力會較薄弱，這個時候正是病菌侵襲的好時機，它也是高官被傳染的比率會比小兵高的主要因素。而小兵一上床，侍應生就「快一點，快一點」猛催啦。他們辦完事，馬上就走人，甚至部分老實一點的小兵，還提著褲頭，邊走邊扣皮帶環，再順便到露天小便池，撒一泡尿，把殘存在體內的毒素排放出來，如此一來，中鏢的機率當然會減少。

不出所料，將軍終於中鏢了。

並非我幸災樂禍，而是那晚我被叫去訓了一頓，心有不甘。

「特約茶室星期一的抹片檢查，你們有沒有派人去督導啊？」將軍蹺著二郎腿，雙眼看著牆壁問我說。

「報告副主任，依權責由軍醫組派人督導。」我立正站好，表情嚴肅地說。

「如果侍應生賄賂軍醫，不確實檢查，再偽造檢查紀錄來矇騙你們，該怎麼辦？」

「這種事情從未發生過。」

「庵前茶室那位叫蓬萊米的黃玉蕉，有沒有送性病防治中心治療的紀錄？」

「最近幾個星期的檢查紀錄表，好像沒有看過她的名字。」

「我就知道有問題，」將軍突然把頭轉向我，雙眼睜得大大的，「自從蓬萊米到庵前茶室後，我就沒有買過其他侍應生的票。現在好了，我鐵定是被她傳染了，下部紅腫不舒服啊，只好硬著頭皮去打針，而那些蒙古大夫竟沒有檢查出她患有性病。」他說後，用食指指指我，「你回去給我查清楚，是不是有人收了蓬萊米的紅包，擅改檢查紀錄，明知她患有性病而不送醫，還讓她繼續營業，把性病傳染給別人。」

「報告副主任，」我依舊立正站好，竟然不經意地脫口說：「玫瑰多刺，許多長得漂亮、票房紀錄高的侍應生，都是性病的高危險群，您千萬要小心啊！」

「放肆，」將軍瞪了我一眼，「還要你來教訓！」

我無言以對，雙眼目視著他。

「對於性病防治這方面，你們承辦單位要嚴加把關，不要凡事往軍醫組推，官兵的身體比什麼都重要。」將軍的口氣緩和了許多，「我官那麼大，萬一被傳染到，只要到尚義醫院打打針就沒事了，其他官兵那能像我那麼方便。」

「我們在特約茶室的每一個售票處，都張貼著『性病防治須知』的警告牌，買票的官兵只要遵照它的警語行事，被傳染的機率會降到最低。」

「裡面說些什麼？」

「歸納出來，最重要的有二點，其一是戴小夜衣……」我尚未說完。

「男人戴那種東西，還有什麼快感可言，不覺得太無趣了嗎？」將軍搶著說，而後問：「還有呢？」

「事前多喝水，事後要小便。」

「是誰說的？」

「軍醫組。」

「胡謅，」將軍不認同，「喝一肚子水，鼓著脹脹的小腹，不覺得難受嗎？像我這種將級軍官，又怎麼能和那些校官一起站在露天廁所小便。」

「其實到了特約茶室，就不必再分官階了。」我不客氣地說：「彼此都是去買票，又得按先後順序，少校出、將軍進的情況經常會發生。為了排除殘存在尿道裡面的毒素，和那些校級軍官站在一起小便，並沒有不妥啊，除非不怕性病纏身！」

「你的經驗還蠻豐富的嘛，」將軍非但沒有生氣，反而問我說：「你到茶室買過票沒有？」

「沒有。」我的臉頰一陣熾熱，坦誠地說。

「年輕輕的，千萬不要學壞。」將軍露出一絲難得的笑意，「如果發現蓬萊米的檢查紀錄，蓋上陽性反應的話，要趕快告訴我，好讓我心裡有一個準備，到時不戴小夜衣還真不行呢。知道嗎？」

「是的。」我畢恭畢敬地答。

「你是知道的，副主任這輩子沒有什麼嗜好，僅僅酒、狗肉和女人這三樣。其他的，一概不沾。」

「既然副主任喜歡此道，又怕性病纏身，為什麼非要找蓬萊米不可呢？依她的售票紀錄來看，平均一天接客三十幾人，那麼高的接客率，想不染病也難啊！」我說著，卻也深恐他生氣，趕緊轉換話題，「其實特約茶室每航次都有新進的侍應生，年輕姿色較佳的都優先分發到庵前茶室，副主任可以另外找一個，何必讓蓬萊米給粘住。」

「你年輕、又未婚，不懂得女人之奧妙。」將軍一改先前的嚴肅，含笑而得意地說：「蓬萊米不僅人長得漂亮，服務態度好，全身上下更充滿著濃郁的女人味，我這一生玩過的女人不知凡幾，就是沒有碰到一個像蓬萊米那樣令我滿意的。我已交代過庵前茶室管理主任，不能把她調走。你也要幫我留意一下，找機會給金城總室劉經理打聲招呼。畢竟庵前茶室的環境較單純，那些管理員和我也熟了，每次看到我來，都會主動幫我安排，免得我跟著那些小官去排隊買票。聽清楚了沒有？」

「遵照副主任的指示。」我說後，故意收腿立正，不屑地看著他。

「少跟我來這一套，」將軍瞇著眼，望著白色的牆壁，回復到不正眼看人的本性，「你的一板一眼福利單位沒有人不知道，但如果想跟我作對的話，倒楣的絕對是你，而不是我。你要給我搞清楚，別以為我管不了你們政五組！」

「副主任的命令，政戰部有誰敢不服從的。」我話中含著一絲兒輕視。

「知道就好！」將軍已聽出我的口氣，不悅地說。

3

將軍在臺灣有家眷，已是眾所皆知的事。然他在金門所作所為，除了臺灣的妻室被蒙在鼓裡外，防區的最高指揮部又有誰不知。雖然主管保防業務的政四組由將軍所督導，但政四所屬的「一〇一工作站」與「反情報隊」，倘若蒐集到不利於將軍的情資，依然可以越級直達「主任辦公室」和「司令官辦公室」。因此可想而知，主任和司令官不可能不知道將軍經常到庵前茶室嫖妓的事。然而，將軍是在下班時，循著正常的管道，到庵前茶室找蓬萊米的。儘管他運用特權，事先沒有排隊買票，但事後卻依規定補了票價較高的「加班票」，並沒有違法之處，任誰也奈何不了他！除非司令官下令把特約茶室關閉，或另以行政命令規定將軍不能到特約茶室娛樂。這二種理由畢竟太牽強了，它或許也是讓將軍有恃無恐、公開進出庵前茶室找蓬萊米的主因。

人的心理有時是很奇怪的，政戰部有些參謀，明明知道蓬萊米是將軍的老相好，卻故意到庵前茶室買蓬萊米的票。到了禮拜天，甚至還要搶在將軍的先頭，回來後再相互地談論上床時的心得和所見所聞，以及蓬萊米散發出來的稻米香。最後共同的結論是蓬萊米不僅人長得美、粘度也夠，小弟弟進去後更如航行在金烈海域的武昌一號，讓人有飄飄欲仙、神魂顛倒之感，稍不留意還會迷航呢！難怪將軍會不計毀譽，迷戀她的美色不厭倦，並非是沒有理由的。

自從山外茶室發生槍殺案件後，為了防止再次發生類此事件，我們經常在晚間會同相關單位，針對特約茶室營業時間終止後，是否澈底清場，做不定期的突擊檢查，以防止不肖員工和侍應生勾結，讓少許帶有夜間通行證的官兵，私自在裡面逗留，衍生出一些難以防範的事端。

那晚，我們從成功、小徑、金城一路檢查到庵前茶室，在管理主任辦公室裡，巧而，碰到了將軍。

將軍坐在老舊的沙發上，蹺著腳，品著香片茶，依他浮躁的心情來看，可能已等了一段時間。

「副主任好。」我舉起手，趕緊向他敬禮。

「你們來幹什麼？」他目視著前方，把腳蹺得高高的，而且不停地抖動著。

「報告副主任，來瞭解一下結束營業後，他們有沒有澈底的清場。」我禮貌地回答，竟順口說：「還沒輪到您啊？」

「媽的，」他把蹺起的腳放下，看看腕錶，「不知道是那一個龜孫子，搞那麼久還不出來，讓老子足足等了好幾十分鐘。」

「報告副主任，現在賣的是加班票，時間可能會延長一點，您不是有夜間通行證嗎，多等一會沒關係啦，蓬萊米會補償您的。」我笑著說，諒他也不好意思生氣。

「通行證有個屁用，」他不屑地瞪了我一眼，「你們不是來執行清場的嗎？等一下時間一到，連我這個將軍都會被你們趕出去！」

「誰敢，」我淡淡地笑笑，「沒人有這個膽量啦。」

「諒你們也不敢！」他神氣地說。

邱管理主任適時地走進來，向將軍哈腰敬禮。

「報告副主任，蓬萊米已接完客，房門已打開了。」

將軍精神一振，快速地站了起來，順手摸摸頭、理理髮絲，而後逕自走出門外。正巧，一位手拿鋼盔、腰繫S腰帶的軍官，緩緩地從蓬萊米房裡走出來，將軍一眼就認出他是政一組的張少校。

「你到這裡幹什麼？」將軍高聲地問。

「報告副主任，查哨。」張少校有點慌張。

「來特約茶室查哨？」將軍疑惑地，「你有沒有搞錯？」

「不，不是的，」張少校搖了一下手，緊張地說：「查哨的時間還沒到，剛好路過這裡，順便來買張票。」

「這裡漂亮的小姐那麼多，她們的票你不買，為什麼偏偏買蓬萊米的票？」將軍指著他說：「難道你不知道我們是老關係，是不是存心和我搗蛋！」

「報告副主任，我向來都是買蓬萊米的票啊，」張少校解釋著說：「我又不知道您在外面等。」

「買她的票動作也要快一點呀，在裡面窮磨窮磨，磨什麼東西，讓我足足等了四十分鐘。」將軍氣憤地瞪了他一眼，而後揮揮手，「趕快去查哨！」

「是。」張少校舉手向他敬禮。

將軍進房後，張少校神情落寞地走到我身旁，我拍拍他的肩，開玩笑說：

「貴官真是『色膽包天』啊，竟然比將軍『先進』，你這輩子在軍中的前途，鐵定是『無亮』了。」

「他媽的，我以為這麼晚了，不會遇見熟人，先來買張票再去查哨，想不到竟碰到鬼。」

他有些在意地，「真是倒了八輩子的楣！」

「別太在意啦，」我安慰他說：「按規定買票，又不是白嫖；他能來，你為什麼不能來？」

「話雖不錯，」他依然有些顧慮，「和他相處已不是一天二天了，政戰部誰不知道他的為人。沉迷酒色的長官，心胸不僅狹小，手段也格外地毒辣。」

「沒那麼嚴重啦，了不起到他辦公室去聽聽訓。」我不在乎地，「不怕貴官您見笑，為了特約茶室和侍應生的事，我是經常被叫去刮鬍子的。」

「你們的業務，不是石副主任督導的嗎？」他不解地問。

「人家是將軍，官大。」我帶點嘲諷，「外表看來一副無精打采的樣子，但一喝起酒、吃起狗肉、談起女人，精神就來了。如果我沒猜錯，他對自己督導的業務一定不感興趣，只有特約茶室才是他最關心的，主任應該讓他督導政五組的業務才對。」

「媽的，看見我買蓬萊米的票就不高興啦，真是小鼻子小眼睛。」他有些憤慨，「有家有眷的人，還經常跑特約茶室，粘著人家蓬萊米不放，比我們這些王老五還不如、還低賤！有種就把她娶回家當小老婆，以後就沒有人會跟他爭了。」

「貴官也不要太高興，」我笑著提醒他說：「蓬萊米雖然好吃，但吃多了，也會有消化不良的副作用，別中鏢了！」

「這點老弟你放心，」他得意地說：「我二十幾歲出來當兵，跑遍臺澎金馬的軍中樂園，從來沒有中過鏢。」

「將軍就沒像你那麼幸運囉。」

「什麼，」他興奮地，「他中鏢了？」

「被蓬萊米傳染的。」我有點兒多嘴。

「你怎麼會知道？」他訝異地問。

「難道你不知道，將軍是我的『知交』啊！」

「原來你們同流合汙啊，」他指著我笑笑，而後嚴肅地說：「老天有眼，一個有妻室的人，還沉迷於侍應生的美色，真是罪有應得。」

「好了，別再扯啦，」我提醒他，「趕快去查哨，待會兒將軍出來，看到你還在這裡，絕對會挨刮的！」

「他會那麼快辦完事嗎？」張少校反問我，而後低聲地說：「蓬萊米曾經偷偷地告訴我，將軍不僅名堂不少、花樣也多，二杯黃湯下肚後，還會有一些下三流的變態動作。坦白說，蓬萊米雖然是一個妓女，但也有人格和尊嚴，為了能在這裡討生活，不得不屈服於將軍的淫威。今天我倒要看看你們如何清場，如果時間一到，能準時把將軍請出去，那便是英雄；倘若不能，就是狗熊！」

「法令與特權永遠處在二個不同的極端，」我無奈地笑笑，「這點我認了。」
「沒種，對不對？你這個承辦人，簡直都是狗熊！」他興奮地拍了一下手。
「別得意，定論也不要下太早，誰是真正的狗熊還是一個未知數。」我淡淡地笑笑。
不久，張少校的身影已從武揚營區消失，他的新職是烈嶼守備區旅政戰官。儘管他有完整的學經歷，佔中校缺的希望很大，然而，將軍督導的是一、三、四組的業務，政戰人事歸政一，只要他一句話或一張小紙條，想把一位看不順眼的少校平調出去，簡直是易如反掌。總而言之，張少校千不該、萬不該，不該在蓬萊米那張咭吱有聲的床上當「先鋒」，而且「作戰」時間也太長，復又博起「革命」感情。是否因此而激怒將軍，抑或是另有其他因素，或許，只有將軍清楚、老天知道。

4

特約茶室連續幾個航次，來了好些年輕貌美的侍應生，依規定必須先分發到庵前茶室，除了汰舊換新、彌補缺額外，並由金城總室依權責，把一些在同一個地點，服務時間較長的侍應生，做例行性的調動，讓官兵有一份新鮮感。而在這一波調動中，蓬萊米被調到山外茶室軍官部，我是看到金城總室報請核備的公文才知道的。雖然將軍曾經交代不得把她調動，但其權責在金城總室，並有先調動再報備的明文規定，過於干涉或關說，實有失上級單位之原則。但我自己也知道，要有挨刮的心理準備。

然而，一天、二天，三天、五天過去了，依然不見將軍傳喚我去聽訓的動作，心中暗自慶幸，莫非將軍法外施恩、不再追究，或者是他另結新歡，早已把蓬萊米忘掉？無論是基於什麼理由，對我來說，都沒有什麼意義，只要不找麻煩就好。可是，一切並不如我想像的那麼單純，原來將軍返臺休假，十天假期屆滿後又回來了。

那晚，我步上政戰管制室陡峭的石階，心情格外地沉重，並非怕挨罵，而是對將軍的人格產生極大的懷疑。堂堂一個中華民國陸軍少將，竟然會有如此的行為、糜爛的私生活。這種將軍，或許早已失去革命軍人的軍魂，一旦反攻大陸的號角響起，是否能和敵人做殊死戰？還是躲在蓬萊米的懷裡，做一隻縮頭烏龜？

「報告。」我在門外喊著。

「進來。」將軍的聲音震耳、難聽。

我在他的辦公桌前立正站好。

「我不是交代過你，不要把蓬萊米調走嗎？」將軍坐在藤椅上，面向壁，怒目斜視著我。

「侍應生調動的權責是金城總室，」我深恐激怒他，低聲而禮貌地說：「可能是最近幾個航次，新進了不少年輕、姿色較佳的侍應生，才會暫時把她調動。」

「你睜大眼睛看看，蓬萊米她老嗎？姿色難看嗎？」將軍激動地，「我官那麼大，不僅沒有嫌棄過她，反而讓我沉迷，那些少、中、上校軍官還會看不上眼嗎？」

「特約茶室調動的命令已經發布，侍應生也按規定到新單位報到了，下一次找機會再把她調回去吧。」我低聲低調地說。

「你們擺明和我作對！」將軍怒氣沖沖、聲音高亢。

「報告副主任，誰膽敢和您作對，」我有點氣憤，但馬上又回復到低調，「為了調動一位侍應生，讓您生那麼大的氣，實在感到羞愧。坦白說，山外茶室距離這裡很近，以後您不是更方便嗎？」

「方便個屁！」將軍轉頭狠狠地瞪了我一眼，「山外茶室軍官部人多又複雜，去買票的都是一些小尉官，我是少將耶，」他指指領上閃閃發光的星星，「你睜大眼睛看看，我是少將、我是將軍呀，怎麼好意思去跟那些小官爭先後。」

「副主任您還是可以採用老方式啊，」我為他出點子，「跟以前到庵前茶室一樣，先在管理員辦公室等候，再請他們替您安排，不就行了嗎？」

「我不是告訴過你，山外軍官部人多又複雜。你動動腦筋想想看嘛，蓬萊米人長得那麼漂亮，服務態度又好，將來一定會有很多人買她的票。而那些小尉官，都是一些沒讀過什麼書的人，懂得什麼衛生常識。這一下好了，讓她被那麼多人搞，不得性病才怪！」將軍憂慮地說：「一旦得到性病，還會傳染給別人，你知道不知道？」

「革命軍人上前線，刀槍大砲都不怕，相對地，敢到特約茶室買票的人，那會怕性病纏身。」我故意說。

「你不要強詞奪理，盡說些風涼話！」將軍不悅地說。

「我是實話實說，」我辯解著，也企圖給他一點小小的難堪，「副主任您不是也中過鏢嗎，現在不也沒事了。」

「你知道我吃了多少藥、打過多少針？甚至不敢回臺灣休假，怕傳染給我太太。」

「既然怕，就不要……」我不敢把「去」字說出口。

「你年輕又還沒有結婚，不懂！」他非但沒有生氣，反而轉頭對我說：「男女床笫間的事，不僅神奇也奧妙。我是一個有品味、也注重情趣，性慾又強的男人，偏偏我的太太她冷感、不懂情趣，長得又難看，每次在一起，幾乎讓我沒有性慾可言。人生嘛，如果在這一方面不能滿足自己的需求，再多的金錢、再大的官，活著也沒有什麼義意。」

「這就是您到特約茶室的最大理由？」我大膽地問。

「坦白說，從事這種行業的女人，她們懂得如何讓男人盡興。尤其是蓬萊米這個小女子，她不僅漂亮、豐滿，懂得情趣，更有一套不易在其他女人身上找到的好功夫。你說說看，如此的一個女人，能讓我不傾心嗎？也只有像她這樣的女人，才能滿足我的性需求。」將軍說著說著，又把頭轉向牆壁，「今天，你們把她調離了庵前，往後只會造成我的不便，你要交代金城總室，快一點把她調回去，知道不知道？」

「是。」我不敢怠慢。

「我這個人嘛，一向是奉公守法、盡忠職守、任勞任怨替國家做事，別的不良嗜好我全沒有，單單只喝點小酒，吃吃狗肉，玩玩女人而已。這些事主任、司令官甚至總司令全都知道，他們又能把我怎樣，我少將還不是照升。」將軍用警告的語氣，「今天找你來，是想和你溝通溝通，並不是求你，這點你要搞清楚！雖然你們五組的業務不是我督導的，如果想找你們的碴，辦法多得是！」將軍說著，突然把話鋒一轉，「政一組張少校怎麼走的，相信你是一清二楚。那晚你不是也在場嗎，查哨不查哨，還要先到軍樂園買張票；裡面十幾位小姐不找，偏偏買蓬萊米的票，讓我枯等一個晚上。這種不識相的參謀，不管他辦事能力有多強、學經歷有多麼完整，我是不會看在眼裡的。」

「張少校在裡面辦事，怎麼會知道您在外頭等。」我鼓起勇氣，替他抱不平。

「他整整搞了人家一個多鐘頭，如果人人像他那樣，蓬萊米受得了嗎？」將軍心中萌起一股強烈的同情心。

「那天我們到庵前茶室看清場，副主任您不也是在蓬萊米房裡，待了一個多小時。」

我笑著說。

「我是少將，他是少校，將校能相比嗎？」將軍不悅地說。

「同樣是庵前茶室軍官票，並沒有將校之分。」

「渾蛋，」將軍怒氣沖沖地拍了一下桌子，「你存心和我抬槓是不是？我一生為國盡忠、為國效勞，特約茶室每個月發給我幾張免費慰勞票也不為過啊！我花錢買票，好不容易找到一個老相好，你們卻偏偏和我作對，把她東調西調，搞什麼嘛！」將軍憤而地站起，猛力地把手一揮，「出去，限你十天內把蓬萊米調回庵前，要不然的話，大家就等著瞧！」

我抬頭看了他一眼，忘了應有的禮貌，轉身就走。步下管制室的石階，我不斷地反覆思考，如此之長官，是否值得我們尊敬？這種沉迷於酒色的狗肉將軍，其人格已蕩然無存，早已失去革命軍人的英雄本色，是時代的悲哀，抑或是國家的不幸？相信不久的將來，就能獲得答案。

5

一個月匆匆過去了，我並無懼於將軍的淫威，充分尊重金城總室對侍應生的調配，蓬萊米依舊在山外茶室軍官部營業，我依然辦我的福利業務。雖然將軍要我等著瞧，我亦不敢怠慢和放肆，時時刻刻、隨時隨地等著將軍來「瞧」，但始終沒「瞧」出什麼，讓將軍失望透頂。

有一天，西康二號總機小姐，轉來一通將軍要找我的電話。

「報告副主任。」我禮貌地說。

「有點事請你幫忙。」將軍的聲音，竟是那麼地和藹可親。

「報告副主任，您請吩咐。」

「蓬萊米她母親死了，急著要回家奔喪，你快一點幫她辦理出境手續。」

「我馬上和金城總室聯絡，請他們快一點把出入境申請書送過來。」

「辦好了通知我一聲。」

「是。」

將軍先前的官聲官調已不見，我心中高興了好一陣。收到蓬萊米出入境申請書，我立即擬好會辦單，經過組長蓋章後，親自到政四組會稿，而後行文請第一處為她辦理「先電出境」，並電話向將軍報告。

「你想想辦法幫她排機位。」將軍以命令的口吻說。

「排機位？」我默唸著這三個字，剎那間傻了眼。

「人家母親死了，夠傷心啦，難道你們承辦單位就不能發揮一點愛心，替她想想辦法，幫她排排機位，好讓她早點回去奔喪！」將軍的語氣有點怪，彷彿死的是他母親。

「報告副主任，從來沒有侍應生坐飛機的案例。」我據實稟告。

「你們這些死腦筋，」他急促地，「無例要開例啊！」

「政四組絕對不會在搭機三聯單上蓋章的！」我有些激動。

「你要去協調、要去想辦法啊！」

「報告副主任，」我深吸了一口氣，「關於這點，我實在沒有辦法可想。」

「要你們這些飯桶參謀幹什麼！」他「卡」地一聲，把電話掛斷。

「莫名其妙！」我放下電話，氣憤地說。

「怎麼啦？」組長適時走進辦公室，關心地問。

「副主任竟然要我們替那位叫蓬萊米的侍應生排機位。」我依然氣憤難消。

「官那麼大，盡說些沒知識的話，不要理他！」組長不屑地說。

組長可以不理他，但我能嗎？不理也得理，不想接他的電話也得接，這是一個業務承辦人的無奈。畢竟，他是將軍。

「蓬萊米搭飛機的事，簽好了沒有？」第二天，將軍又打電話來關切。

「報告副主任，還沒有。」我坦誠地說。

「我已經向政四組打過招呼了，你趕快簽會他們，好送運輸組幫她排機位。」

我停頓了一下，沒有即時回應他。

「聽清楚了沒有？」他大聲地問。

「是！」我氣憤地掛斷電話。

儘管有滿懷的不悅，但這件事不做一個明快的處理也不行。坦白說，將軍督導的並非福利業務，許多事情幾乎都在狀況外，而卻處處以官階來關說和施壓，這是一個參謀人員最感苦惱的地方。於是我毫無考慮地在簽呈上寫著：

主旨：為侍應生黃玉蕉搭機案，簽請核示。

說明：

一、奉副主任牛將軍指示辦理。

二、經查，特約茶室侍應生往返臺金，均乘坐軍艦，從無搭乘軍機之案例。山外茶室軍官部侍應生黃玉蕉（綽號：蓬萊米）因母喪，奉副主任指示為該生安排機位，俾便其返臺奔喪乙節，核與本部官兵搭機辦法不符，倘若破例准其搭乘，實有不妥之處。

三、復查黃生在金服務期間，部分軍官因迷戀其姿色難以自持，時有爭風吃醋、爭吵毆鬥之情事發生，徒增管理之困擾。

擬辦：

一、黃玉蕉搭機部分，因礙於法令，擬由組長許上校親向副主任稟報。

二、為防患未然，黃生先電出境後，擬同時解雇，並飭令金城總室遵照辦理。

三、恭請鑒核。

擬好簽呈，我同時加會了承辦保防業務的政四組，以及承辦軍紀監察業務的政三組，除了獲得他們共同背書外，並在核判區分欄的司令官處打勾，也就是這份公文必須由司令官批示。

如依公文處理程序而言，顯然地，這份簽呈只要主任批示即可，我稟呈司令官的主要目的，是讓各級長官更深一層瞭解將軍的作為，也是我存心讓他難堪的自然反應，如此地出其不意，或許是將軍始料未及的。

司令官很快地在簽呈上批了「如擬」二個字，我拿著卷宗一陣暗喜。俗語說：天外有天、人外有人，但何嘗不是官上有官呢？如純以公務來說，倘使我有任何的疏失或過錯，儘管我們的業務不是將軍所督導，我依然願意接受他的糾正。然而，為了一個侍應生，他卻拋棄了將軍的尊嚴，不僅和屬下爭風吃醋，且獨斷獨行、無理要求，的確令人感到悲哀和失望。

6

蓬萊米搭機不成，又遭受解雇，將軍當然知道是我從中作梗。然我並無懼於他，也藉此讓他知道我絕不接受無理的關說和脅迫。實際上將軍應該感謝我，倘若繼續泡在蓬萊米那個無底的深坑裡，久而久之，潛伏在體內的梅毒勢必會擴大感染，由初期衍生到不可收拾的末期，讓挺直的鼻梁凹陷，讓那話兒紅腫潰爛變形，屆時，並非到尚義醫院打上一針就可了事的。但這似乎是我的多慮，將軍自己都不怕，我們又何必替古人擔憂呢？從此之後，將軍就未曾傳喚我去聽訓，亦未曾接過他任何關說或指示的電話。或許，除了蓬萊米之外，將軍是不會再找其他侍應生的；而若依常情推測，像他這種好色之徒，絕對忍受不了寂寞。難道他正暗中尋找一位能取代蓬萊米的貨色，好滿足他飢渴的性慾。

在得知蓬萊米返臺奔喪、不能再回金門後，將軍曾試圖透過福利中心主任以及特約茶室經理，看看是否還有轉圜的餘地，好讓蓬萊米留在金門，繼續為勞苦功高的三軍軍官服務。然而，司令官的命令誰膽敢反抗不服從？儘管蓬萊米有傲人的姿色，異於其他侍應生的技巧，讓將軍陷入她美麗的漩渦而不能自持。但這裡是戰地金門、反攻大陸的最前哨，將軍的所作所為、一言一行，司令官可說瞭若指掌。如果他的行為再不檢點，嗜酒好色的本性依然，以軍中嚴明的紀律、長官的睿智，能矇過一時，也騙不過永遠，走遍大江南北的將軍，焉有不知情之理。然而，他的良知已被酒色蒙蔽，心想的再也不是古厝牆壁上那一句句鏗鏘有力的口號，而是酒、狗肉和女人。

在戒嚴軍管時期，軍方除了披著一層神秘的面紗外，又築有一道平民百姓難以跨越的圍籬，善良的島民始終認為：高官除了官大學問大，更有高人一等的品德和才華，但仔細地觀察，卻也不盡然。表裡不一的高官比比皆是，一些曾經身歷其境者，只是恥於揭開他們虛偽的面目，並非全然不知情。儘管軍中臥虎藏龍、人才濟濟，大部分將官都是身經百戰、文武兼備的將領，但亦有極少數品德不端、不學無術，僅懂得逢迎拍馬、求官之道的軍中敗類，與此時的社會形態並沒有兩樣，可說是見怪不怪。

終於，將軍調職了，出乎許多人預料，竟然是高升。有人說他懂得逢迎拍馬、求官之道；有人說他後台硬、靠山高。不管如何，他即將離開武揚營區是鐵般的事實，政戰部大部分官兵都拍手稱快，絕對不是為了他的高升，而是恥於和這種長官共事。因為，保防、軍紀、監察均隸屬於政戰體系，政戰幹部亦被譽為是軍中楷模，豈能容許少數敗類在裡面胡作非為。儘管他官大，一時奈何不了他，但終究有踢到鐵板的時候，只是時辰未到而已。

俗語說：天有不測風雲，人有旦夕禍福，世事的變化的確讓人難於想像。將軍新職位尚未坐穩，卻又被調到國防部屬下的一個委員會，擔任不必天天上班的委員。若依軍中的體制和倫理而言，此次的調動，可說是將軍官場生涯、軍中生活的終結。將軍不知是遇到貴人，還是夜路走多了撞見鬼。針對這件事，小道消息有不少的傳聞，而較可靠又令人信服的一則是：某天，將軍參加一個宴會，酒過三巡後，隨即原形畢露，在眾人目光炯炯之下，竟然拉起某年輕貌美夫人的手，要為其看手相。起初大家並不為意，只見將軍睜著一對色瞇瞇的眼，緊盯著人家的胸部，帶有腥味的手在她的手心手背輕揉細搓，復又黃腔色調，漫無節制，看得諸夫人們花容失色、驚惶不已。在座的人眼睜睜地看著將軍的醜態，但卻敢怒不敢言。恰巧，其中有某總司令夫人的知交在座，當場嚴辭斥責將軍的不是，又義憤填膺地在總司令面前告了一狀。將軍再硬的後台，那有總司令的後台硬；再高的靠山，也沒有上將的靠山高。因此，不得不俯首認罪、四處求饒，但卻為時已晚，先調委員再飭令退伍已成定局。於是，肩上的星光不再閃爍，呼風喚雨的神情不再。酒、狗肉、女人成就了將軍的美夢，但也終結了將軍的一生。

而今，將軍已蓋棺，即使活著時有「是非成敗轉頭空」的怡然心境，但凡走過的必留下痕跡，爾時的情景歷歷在目，其功過與是非，就留給史家來定奪吧！

賞析

石曉楓／文

陳長慶為縣籍資深作家，創作量多，尤以長篇小說見長，其作品敘寫金門風土人情，人物刻畫生動，且常以之為書命名，例如《李家秀秀》、《鳳英嫂》等。因曾任職於金防部政五組，業務需要而須經常走訪金門各特約茶室，對於特約茶室的經營型態、侍應生日常生活等，均瞭若指掌，故有許多相關背景的小說，選文〈將軍與蓬萊米〉即為此類題材的短篇代表作。

特約茶室的創議有其時代背景，此種軍妓制度直至一九九〇年廢撤，總計四十年存在歷史，其間對金門居民生活的衝擊、地區經濟消費的發展等，影響不可謂不大。本文背景即是一九六〇年代的戒嚴軍管時期，敘事者為負責特約茶室相關業務的承辦人，帶有一定程度的自傳色彩。小說題名「將軍與蓬萊米」，也符合作者一貫的命題偏好。首節先鋪敘將軍的長相奸滑、性好漁色、嗜食狗肉狗鞭、酒品奇差且官架子奇大，種種惡形惡狀惡嗜好，藉由敘事者「我」主觀之眼帶出。之後另一主角蓬萊米（黃玉蕉）迅即出場，小說節奏緊湊且引人興味無窮。原來蓬萊米綽號源自「大凡嚐過甜頭的客人，彷彿都會被她粘住似的」軍中耳語。作者進一步從渾名典故，帶到戰地生活長年吃戰備米（而非蓬萊米）之日常，行文間且有「這種將軍，或許早已失去革命軍人的軍魂，一旦反攻大陸的號角響起，是否能和敵人作殊死戰？」的批判，凡此都表徵了戰地居民艱苦卓絕、「毋忘在莒」的自我惕勵心態。

小說裡的「我」個性一板一眼、行事一絲不苟，因而對於屢次擅用特權公報私仇或逕牟私利的將軍行徑，自然頗為看不慣。透過敘事者視角，將軍對女性的放肆與輕蔑、平日處事的蠻橫與霸道，經由各種具體事件細節的檢視，逐一被放大至不堪的地步。而眾人卻敢怒不敢言，唯耿直的敘事者勇於與之爭辯、據理力爭，最後且憑一紙簽呈，成功將「蓬萊米」調離金門，致令將軍捶胸而頓足。

關於描繪此二對峙人物的筆墨，正直與淫邪形象對照，反差稍大，就此點而言，E．M．佛斯特（Edward Morgan Forster）所謂「圓形人物」的立體感，層次上便稍難凸顯。然而本文寫軍中的階級文化，關於將軍的惡形惡狀、下屬逢迎拍馬之態、侍應生的無奈等等，一一鋪陳，也具體呈現了戰地特定階段的「軍中樂園」特殊行業型態。同時，小說由報上訃聞起始，回憶卅年前初見將軍的印象，則略有蓋棺論定之意，並忠實呈顯了另一種在地人眼中的軍人形象。

陳慶瀚

ABOUT

一九六三年出生金門陽翟。法國法蘭西孔德大學資訊與自動化工程博士，現任中央大學資工系教授。曾獲第十五屆浯島文學獎短篇小說首獎、第十九屆浯島文學獎散文組首獎。著有《離散對話錄》。

四月麥田

1

這是島上最古老的村落。村子裡絕大多數路面混雜著紅土、黃泥、砂礫，以及被埋藏在地底的殘磚斷瓦。下雨過後，表層的黃泥沙被雨水帶走，地面上就會突出許多岩塊，打赤腳的小孩走路一不小心踢到，總會疼得唉唉叫，甚至腳趾烏青流血，一路哭著回家。

駱阿英常穿梭在寬窄不一的巷道，她熟悉每一條巷道，所以很少踢到突出地面的石頭。春天季節，狹小巷道散發著牆角蔓生的青苔氣味。一到傍晚，家家戶戶巷仔門縫會透出番薯糜沸煮的味道，偶爾也會伴隨著煎魚和紅燒海蚵豆腐的香氣。她喜歡邊走邊摸著巷道兩旁的牆面，有的牆面細膩平整，有的凹凸扎手，有的粉塵多，沒有兩面完全相同的牆面，她甚至可以閉著眼辨識每一戶人家。

除了錯落分布的紅磚石牆古厝，村子還有一些四四方方的簡陋水泥平房，集中在那條蜿蜒如蛇的水泥街道兩側，那是國軍來到這個村落之後，村人為了做軍人生意而興建的簡易店面平房。這條大街由村子中心一棵百年黃槿老樹為起點向西延伸，盡頭處是金東電影院。這也是村子最熱鬧的地方，阿兵哥多在此聚集，電影院廣場周遭商家小販林立，電影開演前後總是人潮湧動，熱鬧喧囂。

面對電影院的左側有一座塗著紅白藍油漆的水泥牌樓，牌樓內是中正台廣場，同時也是籃球場，民防隊的講習和軍訓操練就在這裡舉辦。阿英今年初在這裡參加過一次少年隊民防講習。附近政戰隊官兵也在這裡舉行早晚點名或政戰講習。每天放學後，村子裡大大小小的男孩們會聚到這裡打球或聚伴嬉鬧。到了傍晚，男孩們的媽媽輪流來到這裡邊喚邊罵自己的孩子回家吃飯。

村子東側有一座香火不斷的會山寺，寺裡供奉普庵佛祖公。阿英常陪阿娘來廟裡拜拜。村人來此尋求各種生活難解現象的自然解釋，也祈求為貧窮困頓的生活提供尊嚴的支撐。

阿娘常講述佛祖公的神蹟給阿英聽。有一段故事駱阿英記得很清楚：民國二十幾年鼠疫在附近村莊肆虐最高峰的時候，很多村人染疫病過世，沒生病的人不敢回家睡覺，每個人就帶著一條草蓆湧進會山寺，緊閉寺廟門窗，在裡面住了三天三夜，才避過這場劫難。阿英聽到這段故事的時候，心裡就暗想：下一次鼠疫再來的時候，她也要帶著一條草蓆到會山寺住。

整個村落的生活樣貌就是以金東電影院和會山寺兩個輻射中心，和連貫兩個輻射中心的大街所展開的。至於村子四周，則環繞著大大小小的軍營。國軍在村子外圍密集栽種木麻黃、相思樹、苦楝和銀合歡樹林，然後把軍營隱蔽在樹林中。有些部隊直接駐進村子裡的民房。政戰隊駐進了混搭巴洛克和閩南風的大宗祠，金東師師部和醫療隊駐進村子裡最華麗的古宅。軍人和百姓之間存在一種有些緊張卻又隱微相互依存的關聯。軍隊伙房每天早上蒸饅頭煮豆漿的香氣直接飄進附近民家，而小孩哭鬧和大人打罵聲也可能打斷軍隊集合時主官在司令台的訓話。

在這個村落南邊，駱阿英一家住在一棟跟親戚借住的古厝。說是古厝其實也算不上，這房子是以一棟已經倒塌一半的古厝為基礎，後來加蓋了木板隔間和擴建的水泥磚牆的鐵皮房。

駱阿英今年十三歲，讀國中一年級。她睡在一間狹小的、堆滿雜物的隔間房，房間開了一扇小窗，阿英躺在床上可以透過這扇窗看到太武山的巨巖。天色未亮的太武山像蹲坐在田埂抽菸的靜默老農。太陽剛出來時，陽光在蒼灰色的石頭皮灑下一片片橘紅光斑，然後光斑逐漸擴大，伴隨軍隊晨間操練的各種聲響，整座太武山慢慢轉成金黃色，形象才變得森嚴起來。

離家不遠處，紅土坡西側有幾十株相思樹。對村子裡的孩子來說，那是一片值得探險的秘境樹林，男孩們在其中爬樹玩耍躲藏，或者進行一些秘密行動。有一次阿英和最要好的同伴鄰居小娟在林子玩，她們在一棵茂密的樹上找到一片可以靠背的枝枒當作舒適的藤椅，一整個下午，兩人在樹上聊天，整個村子都被隔離在樹林外，這個小世界保密了兩個少女飛揚的夢想。

林中有一個屎礐，附近村人和軍人會來這裡上廁所，有的人把家裡的廢棄物帶來丟棄在屎礐一旁的草叢，久了就形成一個垃圾堆。阿英也曾被吩咐把家裡的破碗盤雜物拿來這裡丟棄，有一次阿娘要她把一條睡了多年的舊草蓆拿來丟，她原本不捨得，那上面有她熟悉的味道。後來阿娘把新買的草蓆鋪在舊草蓆上，睡了好一段時日，她才同意把舊草蓆帶來這裡丟掉。

2

這個村子以陳姓為主，駱阿英卻姓駱，因為阿爸出生於對岸的惠安，國共內戰期間有一次到金門做客，突然間國軍撤退到金門，海峽封鎖，阿爸回不去，就在這個村子留了下來。

阿英有記憶以來，阿爸的生活似乎總是在田裡土地度過，栽種、挑水、澆肥、除草、翻藤、收割，這些工作就像季節一樣地反覆。他總是對天氣充滿焦慮，豔陽高照時憂慮乾旱，下雨擔心淹水，天冷擔心作物不發芽，天熱擔心植物枯死。即使收成時節，那片焦黃土地的收成也不足以讓他展露笑容。他的皮膚被太陽曬得黝黑，身上總是覆蓋一層灰撲撲的塵土。

阿爸的話很少，常常一整天也沒聽他說過幾句話。有時候阿英甚至有一種幻覺，覺得阿爸是田埂的一塊石頭或一棵樹，固著在後方的花崗岩盤小丘，甚至與更遠處的太武山融為一體。

阿爸經常要阿英到田裡幫忙，翻地瓜藤、捻花生、割麥子。春天的工作最繁重，但她喜歡春天，尤其是四月，平日灰濛濛的泥土地上，會長成一整片翠綠油亮的麥田，在四月的細風吹拂搖擺著。麥田裡總會藏了幾隻夢冬鳥，阿英從附近穿過，發出一點聲響，夢冬鳥就會振翅飛起。這些景象讓阿英有著說不出的歡喜。

只有少數日子阿爸才不去田裡，那就是大頭叔公請他當館棧助手的時候。大頭叔公是村子裡手藝最好的館棧，附近村莊有人結婚喜慶要辦桌，都會請大頭叔公掌廚，這時阿爸就會跟去當助手。

「阿爸最拿手的就是燕菜。」這是是阿英最愛的一道宴席菜。阿娘跟阿英說：「燕菜是整個宴席最耗工的一道料理。單單切豬肉絲、魚翅、筍片、金茸、香菇、蝦米這些食材就要花上半天。接下來還要用文火煮。」

「這道菜最重火候，每樣食材烹調時間都不同，火候都要恰到好處才會好吃。這就是大頭叔公一定找你阿爸去的原因，因為你阿爸抓得最準。」

阿英期待阿爸出門辦桌，因為每次阿爸跟大頭叔公辦桌回來，都會露出難得的笑容。擔任館棧助手可以賺到較多錢，還可以帶些菜尾回來，每次阿爸都會帶回一袋可以讓全家人吃上幾天的燕菜。一碗軟嫩濃稠的燕菜，飽滿的口感和香味讓阿英產生一種無比的富足感。

常常天還沒亮，阿英就會醒來。她總是不清楚自己是睡飽了，還是村子南邊的軍營早點名軍歌喚醒了她。黎明薄薄的微光中，上百人嘶吼出來的歌聲，穿過茂密銀合歡樹林和空曠的紅土丘教練場，再伴隨冷冽的空氣鑽過鐵皮空隙進入她的房間，竟是出奇的溫柔。然後她會聽到阿娘走動的聲音，阿娘總是比她早起，她可以清楚聽到掃地、挑水、洗衣和煮飯的聲音。

這天，駱阿英起床時，天還沒全亮。她走到灶腳，阿娘已經在忙著燒柴火煮飯。

「阿英啊，去搬些柴進來！」

她到柴房來回搬了幾趟，再到圍牆外餵雞，順便撿了三個雞蛋回來，其中一個還熱熱的，蛋殼還沒變硬。

「阿娘，我要吃這個。」阿英說。

阿娘把蛋收了去，遞給她一碗稀飯：

「這個留給妳弟弟。這碗稀飯給妳。」

她蹲在灶前吃稀飯，一邊陪阿娘聊天。灶前擺了一疊阿英從學校帶回來的舊課本和習字簿，上面有阿娘在上面臨摹她寫字的痕跡。

吃完粥，阿英幫忙收拾碗筷，這時弟弟醒了，哭聲從房間傳出，阿英跑到房間抱著哄他，幫他解大小便。等餵他吃完稀飯和雞蛋，她就用花帔把他揹起來。阿英力氣不夠，一段時間就需要把花帔從左邊調整到右邊，或者從左邊再移到右邊。背久了垂下來，弟弟還會抗議：「揹好……揹好……」弟弟講話還不清楚，但這句學大人的話語還算清楚的。

弟弟兩歲，雖然已經會走路，但總是要她揹。揹著去溪邊洗衣服，也揹著到田裡工作。去年她還是小學六年級的時候，有幾次她還揹著弟弟到學校，跟她一起坐在教室裡，上課時弟弟哭了，老師就叫她到外面去哄弟弟。

阿英揹著弟弟到鄰居小娟家門前廣場，把花帔解下來，讓弟弟在地上玩。小娟正在廣場曬地瓜籤，她一邊跟小娟聊天，一邊盯著爬在石板條玩耍的弟弟，提防他摔下來。

「我那本電影畫報看完了。」小娟說。

阿英一邊扶著弟弟，一邊說：「看完了我再去跟黃排副換新的一期。」

小娟羨慕的說：「真好。我上次跟黃排副說想跟他借書他都不肯。」

黃排副是村子南邊戰車營的一名副排長，四十餘歲，身材高大英挺。他曾經帶著阿英到他的營區，進入在壕溝旁的低矮寢室，他的寢室不平整的靠牆地上，立起整排彈藥箱堆疊的書架，上面擠滿了各類型的書。他要阿英自己挑一本回去看，看完再來換，臨走還給了她兩包軍用口糧。阿英挑了本電影畫報，雜誌裡介紹的電影有些她在金東電影院看過，而且她也喜歡畫報裡打扮得時髦動人的明星。翻閱著這些畫報，阿英似乎能在當中找到聯結到她夢想的線索。

阿英的夢想是什麼？她曾和小娟談過。那次她們在相思樹林裡的樹上談了一整個下午，確定了兩個夢想。一個是擁有一座美麗的蓮花池，她們倆可以在蓮花池畔賞花、喝茶。另一個夢想是環遊世界。阿英相信，在某個遙遠的國度，一定會發生與她們產生神奇關聯的某些事情，也許是在一列駱駝經過的中東沙漠，或者是在一個飄雪的巴黎街頭咖啡館，或者是在眾星雲集的好萊塢。

3

傍晚，四面八方湧到的阿兵哥來到金東電影院前廣場集合、長官講話、然後解散進場看電影。廣場四周擺了許多小攤販，賣炒花生、賣西瓜、賣炒沙螺、賣甘蔗、賣炒麵茶都有。連接著廣場的大街上，魚貫式的聚集了數十個店家，阿英從街頭往電影院方向走，一路的店家有冰果店、雜貨店、菜館、冰廠、小吃店、文具書店、小說出租店、照相館、撞球室、浴堂、軍服修補清洗店、理髮店、刻印店、中藥店、西藥房、製麵店、豆腐店、軍郵局。阿英喜歡來街上，她班上就有三位同學住在大街，阿英找她同學的時候，就在她們家的店門口聊天，總是見到阿兵哥在店裡逗留，與女店員搭訕，有時也會逗弄一旁的阿英。

和村子的其他孩子一樣，除了過年，阿英沒有任何零用錢買電影票。從大街走到電影院很近，她總在電影開場前守在電影院入口，看到比較和善的軍士官要進場了，就央求他順便帶她進去。如果入口驗票的老士官長不肯放行，阿英就得等到電影開場，通常開場後一段時間，士官長就讓圍繞在入口的小孩們通通入場了。

電影開映前，電影院裡充斥著各種聲響：剝花生、交談、咳嗽、小孩的奔跑嬉鬧，也有打呼的聲音；同時也充斥著各種味道：菸味、汗臭、魷魚乾或炒花生的味道，有時，阿英甚至可以聞到隔壁座位的青草味和桐油味，猜想是阿兵哥剛在草地出完操，或者剛完成裝備保養就趕來看電影。神奇的是，一旦電影開演，這些聲響和味道似乎頓時就消融到電影的情節中。

吃完晚餐，如果阿娘沒叫她幫忙，她就跑來看電影，常常到了電影院才知道當晚演什麼。她也不記電影片名和主角，但記得電影情節。有一次阿英看過一部印象深刻的電影，往後幾天，她不時想起電影的情節和主角。那是一個美麗又獨立堅強的女性，勇敢追求愛情的故事。阿英向黃排副提起，黃排副才告訴她，那部電影叫做《亂世佳人》，女主角是費雯麗。黃排副還拿了一本書借給她，說是電影原著《飄》。

厚厚一本小說，阿英花了五天的時間看完。在家裡看、帶到學校利用午休的時間看、揹著弟弟也看，晚上躲防空洞裡也看，還有在灶腳幫忙阿娘煮飯，她也把書帶著，邊燒柴邊看，就像阿娘一樣。阿娘沒上過學，她就在灶腳煮飯時自學識字，有時阿英會教她一些。後來阿英把學校借回來的書拿給阿娘看，阿娘越學越多，也越學越快，現在，阿娘對一些文學詩詞的常識甚至不輸阿英。

「你在看什麼書？」阿娘問她。

「《飄》。一本外國小說。我在電影院看過這部電影，很好看。」

「看小說……這樣好嗎？」阿娘有點擔心阿英的功課，她才從鄉下小學升上鎮裡的國中，怕功課趕不上別人。

「阿娘，我帶妳去看這部電影吧。」阿英不理阿娘的顧慮，反而提出一個構想。

「哎呀，看什麼電影！妳阿爸會唸我的。」

「不會啦，阿娘。」阿英知道鎮上電影院過兩天還會放映《亂世佳人》，她準備再去看一次。她就在灶前跟阿娘說起電影的故事。看過小說，阿英對故事掌握更清楚了。

「驚死人。一個女人嫁了三個丈夫。」阿娘對女主角的境遇嘖嘖稱奇。

「阿娘，那是命運的安排。」阿英說。

「什麼命運安排。都是自己選擇的。」阿娘不以為然的接著：

「女人性子強不會有好歸宿的。」

阿英認為阿娘不懂藝術，也就不爭了。她去找黃排副還書。坑道寢室一半空間斜斜灑著下午時分金黃色陽光，一半空間則坐落在暗灰的坑道陰影。阿英把椅子挪坐在陽光下，就和黃排副聊起來了。

「喜歡郝思嘉的什麼地方？」黃排副問。

「她的堅強。」阿英說。

「妳有想過什麼因素讓郝思嘉如此堅強？」

「愛情嗎？」

「也許是土地。」

「土地……？」阿英有些困惑。

「土地除了種植作物，也栽培人。」黃排副翻開一本風水書，指給她看。

「秀穎之地，人多輕清。溫下之地，人多重濁。高亢之地，人多狂躁。頑硬之地，人多執拘。」

「妳看，每塊土地栽培每一種人。」

阿英有些理解了，她問黃排副：

「那栽培你的土地是什麼？」

黃排副想了一會。他的皮膚雖然黝黑粗糙，但仍有一張帥氣臉龐。他說：「我十五歲離開家，十七歲隨著部隊到處轉戰移防，最後搭了軍艦到金門，再到臺灣，又回到金門。我的土地，應該就是這片海峽吧。」

黃排副坐在彈藥空木箱堆起來的狹窄床緣，暗影處的眼神中有著灼灼的星火，他聽著阿英興奮地談她的郝思嘉和夢想。遠處傳來靶場打靶的悶響，把坑道的寂靜襯托得可以聽見空氣脈動節拍的聲音，貫穿著阿英清脆躍動的話語。她的臉龐像是桃樹上半開的蓓蕾，但神情氣韻讓人想到成熟甜美的果實。

4

這一天是會山寺普庵佛祖公的生日。阿娘吩咐阿英到廟裡拜拜。會山寺的祭祀活動很多，傳統儀式又繁複冗長。阿英根本記不住，她總是跟著阿娘後頭幫忙，聽阿娘跟佛祖公祈福，祈求風調雨順、田裡的植物長得好，祈求丈夫和兒女健康，也祈求阿英讀書讀得好，未來有出息。

有時阿英會為那些掀梁、制煞、追龍、排粿粽、拜圓、敬梁、獻敬的各種冗長而瑣碎的儀式感到不耐，阿娘告誡她不可以對佛祖公無禮。

阿娘講了一個故事給她聽。民國四十九年九月二十一日會山寺做醮。聖駕遶境巡安到村公所前面，一個北仔士官剛好從遶境隊伍前面經過，聖駕前人們正在撒鹽米去邪，剛好就撒到了這個北仔士官的身上。他非常不滿，立時便對神輦中的神明破口大罵。一旁人員趕緊把他勸離，可是他還是氣憤不平，繼續對著神輦罵個不停。但是當遶境巡安隊伍回到廟埕時，這個北仔士官突然出現，並帶著金紙拿著香跪到神輦的神明前叩叩拜，請求原諒。原來北仔士官的無禮行為讓會山寺仙人金王府生氣了，所以一顯神蹟，讓這位北仔士官罵完神明不久就腹痛如絞，苦不堪言，只得前來求饒。

「但是神界也是有紀律的。」看到阿英有了敬畏之意，阿娘才接著說。「金王府為此在仙界被罰禁閉二天，原因是不可因凡人不敬神明就擅自施法捉弄。」

「阿娘為什麼妳都知道？」阿英問。

「當然是朝旺講的，人家是乩童。什麼都知道。」

阿英看到神桌上的籤筒，就問阿娘：「我可以抽籤嗎？」

「沒事抽什麼籤。」阿娘說。

「我想看看準不準。」阿英說。

「不懂事。抽籤哪裡是讓小孩這樣玩的。」阿娘吩咐阿英把供品收一收，趕快回家準備晚飯。「等妳國中畢業去臺灣，我再幫妳抽一支籤。」

阿英陪阿娘回家後，又偷偷跑來會山寺。她在佛祖公前點了香，再擲筊請佛祖同意抽籤。要問佛祖公什麼呢？

她想問國中畢業後是否應該到臺灣？但這個答案是顯而易見的，她的夢想都在遠方招喚她。或許問感情，但這個問題連自己也不想知道答案。問課業？除了用功讀書，阿英不認為有其他的可能性，說不定抽籤結果只是讓自己難堪，她的意識似乎跟著神壇前的香煙一樣飄移不定。猶豫許久，最後阿英放棄擲筊抽籤就回家了。

一進屋，阿娘就吩咐她去田裡叫阿爸回家吃飯。阿英走相思樹林那條小徑，經過那片已經長了半人高的麥田。阿英不走田埂，故意穿越麥田，她唏唏嗦嗦穿過那片麥田，蟄伏在麥田的夢冬鳥就一隻隻竄出，直直飛往天空，阿英看著夢冬鳥越來越高，高到幾乎看不見，然後以一種全然自由的狀態從高空往下俯衝。她看得出神，甚至覺得自己就是一隻蟄伏在麥田的夢冬鳥，等待一個聲響，然後就可以飛上天，然後再往下俯衝。

5

阿英先是在小娟家聽到的消息。當時她放學後到小娟家寫功課，聽到小娟家人說今天晚上有勞軍團來村子表演，她不敢進一步問，只得趕緊把功課寫完，然後跑回家問阿娘，阿娘說她不知道。正感到焦慮時，村公所的大喇叭廣播了：

「各家戶請注意！各家戶請注意……」村公所的廣播發語詞，提醒每位村民注意聆聽。喇叭的聲量很大，全村落的每個角落都聽得到，但聲音混雜著嗡嗡沙沙聲，廣播內容有時還是聽不清楚。阿英跑到家門口努力聆聽著。

「今天晚上六點半。今天晚上六點半。……勞軍。勞軍。……地點電影院前面的司令台操場。地點電影院前面的司令台操場。……」

阿英興奮極了，她去找阿娘。

「阿娘，我想看勞軍。」

「妳爸不會讓妳去。」阿娘皺眉說：「而且，弟弟沒人顧。」

「我揹弟弟去。妳跟阿爸說。」阿英央求著。

阿娘為難著，仍不肯鬆口。阿爸還在田裡沒回來，阿英在阿娘身邊折騰了很久，中間還幫忙到井邊提水，幫忙把農具收到牛寮間。她跟阿娘說村子裡的誰誰誰去年去鵲山營區看了勞軍，在學校向她炫耀了好幾天。

好不容易讓阿娘答應了，阿英跑到小娟家，問她要不要去看勞軍。小娟說她要去曬穀埕把地瓜籤收好回家才能去。所以阿英決定不等小娟。她先回家添了一碗地瓜粥，沒等阿娘炒好菜，她就先配菜瓜吃了。然後再添一碗去餵弟弟，離平日晚餐時間有點早，弟弟還不餓。她費了些心思手段才把這碗粥餵完。然後就揹著弟弟出門了。

阿英經過村公所前，門口的大鐘才顯示五點十分。她先到中正台看看，廣場已經排了行列縱橫整整齊齊的板凳，幾個阿兵哥正在整理環境，架設燈光。那些板凳，阿英並不陌生，每年的民防隊訓練和軍隊的三民主義講習班活動就會搬出來用。

現場還沒多少人，阿英一靠近板凳區就有阿兵哥過來請她退後。阿英只好退到離中正台更遠些的圓桶屋牆邊。圓桶屋是國軍建造的一棟巨大水桶造型的建築，原本是物資供應處，同時用來存放軍方的戰備物資。圓桶屋頂用水泥砌得平平整整，屋頂中央有一座構造簡單、兩側各有一個機槍口的小碉堡。由於屋頂平整，是個理想的曬穀埕，村人因此常架起梯子，爬上屋頂來曬地瓜籤。

站在這個圓桶屋頂上，可以一覽中正台廣場和更遠處的電影院廣場。不久前一天下午，阿英就坐在平屋頂的牆簷，看著夕陽逐漸墜入太武山的另一側，這時中正台廣場有一些國中男生在打籃球。幾個男孩激烈的跑著，偶爾有些小爭執，但旋即又投入跑動。阿英試圖找出場中的主力，但似乎沒有特別球技出色者。她可以察覺他們注意到平屋頂上的她，阿英在學校就是很多男同學仰慕的對象，球場上男孩的神情都很專注，不時要做出一些自以為帥氣的運球或投球假動作，彷彿自己是場上的明星。

「幼稚！」阿英心裡這樣想。

五點半左右，開始有一些民眾來到現場。他們想進入廣場中的板凳區但是被制止，於是就移到廣場外圍，還有村公所的幹事來了解勞軍準備情況。接著有部隊開始在電影院前廣場集合，再整隊帶入場，有序的坐在排好的板凳上。

除了前面兩排長官的位置，中正台前廣場逐漸坐滿了。晚到的部隊就拆散各自找位置，有一群爬上了鄰近古厝屋頂。古厝的燕脊像今晚的上弦月，彎彎的掛在黃昏的天空，彎月弧線上則坐了一整排阿兵哥。燕脊坐滿了，有一些就坐在斜屋瓦面上，阿英可以聽見軍靴踩在屋瓦上爆出的脆裂聲響。

有阿兵哥發現圓桶屋的屋頂平坦寬敞、視野很好，就叫其他弟兄登上屋頂佔位置。很快的，環繞司令台廣場的圓屋頂屋簷也坐滿了。屋頂上一些用來壓布袋雜物的磚石也被挪開，以便擠出更多位子。

兩輛卡車從環島東路駛進村子，在電影院前廣場停下來，穿著鮮豔的表演者陸續從卡車下來。藝工隊的表演者到了現場，但沒有馬上要上台，他們進入中正台後方的準備室。

一些阿兵哥開始戲謔的鼓譟起來，民眾也開始推擠，阿英跟著人群往前推移，她把花帔從後面移到右側，用手護著弟弟。

中正堂的照明燈嘩然點亮了，探照燈光照在一群光鮮亮麗的藝人身上，勞軍節目正式開始。喧鬧繽紛的舞台，一下就把現場的情緒炒熱起來。

台上一位歌者正在引吭高歌時，弟弟在身後哭了，阿英把他放下來，身旁擁擠吵雜的人群讓她很難哄他。她蹲下來，抱著他搖晃著，弟弟卻越哭越大聲。附近的民眾都看了過來，連前方板凳區的阿兵哥都轉過身來看看發生什麼事，讓阿英覺得有些難堪。

「駱阿英。」有聲音叫她。她抬起頭，是黃排副，他的眼神炯炯有光。他坐在前排軍官區看表演。「妳到前面來坐。」

阿英搖搖頭，她不敢坐到台前。

黃排副走向板凳區右後側靠邊的地方，找了一個小兵，叫他把位子讓給阿英。這位置雖然離中心區遠些，但視線沒有阻隔，而且靠邊，萬一弟弟哭了方便安撫。阿英對黃排副露出感激而羞澀的笑容，就坐了下來，弟弟也很配合的停了哭鬧。

節目主持人不時叫台下的弟兄上台同樂，這時現場就會激發吶喊的聲浪，阿英也忍不住跟著拍手互動，也會跟著歌聲小聲哼唱。中間弟弟又哭了一兩次，不過時間較短暫，猜是有些睏了，所以會鬧。阿英拍他背哄著他，也就安靜了。黃排副過來兩次，看沒什麼事情，才回去。

表演漸趨高潮。幾位表演者出來跳舞，還走下表演台，走入草綠色的人群中，像美麗的彩蝶在枯渴的草原飛舞，又像初春的花蕊吐著誘惑的氣息。

在大分貝音樂和人群的吶喊聲中，弟弟睡著了。阿英摸摸他的頭，有些汗意。她把花帔解下來，抱著他，這樣涼快些。接下來是一場魔術表演，又有阿兵哥被叫上台去參與演出。帥氣的魔術師和穿短裙的漂亮女助手在台上穿梭快走。阿英目不轉睛盯著台上的一舉一動，為表演感到驚嘆不已。全場瘋狂鼓掌的時候，阿英有些為難，因為抱著弟弟不便拍手。

阿英的右前方不遠是圓桶屋的牆角，那個角落無法看到司令台，所以留出一塊牆角空地。阿英低頭看看弟弟，睡得很熟。而她的肩膀和手臂都有了痠痛的感覺。

接下來的歌舞表演，主持人要大家一起跟著擺動身體。阿英有個主意，把弟弟放在右前方圓桶屋的牆角睡，她看得到他。她把花帔摺起來讓弟弟枕著，讓他躺在地上。

她終於可以自在的跟著表演的節奏，起身、拍手、喊叫。

不時轉頭看看弟弟，他睡得很熟，動也不動。

勞軍節目持續著，氣氛越來越熱烈。有些民眾逐漸從後方挪移到板凳區，甚至進入到前排的軍官區，蹲坐在板凳間的地上。屋頂燕脊上的阿兵哥以口哨和吶喊來呼應場中的情緒，圓屋頂上的阿兵哥也推移聚集在屋簷處，不時發出推擠聲。村子的夜空，正等待集體情緒的爆發。

最後一個節目是大合唱，許多軍官都被叫上台與女藝人一起唱歌跳舞，黃排副也上台了。他站在一位穿著花褶裙女藝人身旁，笑得開懷洋溢。四周鬧哄哄的跟著台上邊吼邊唱。

就在聲量快衝破耳膜之際，突然間阿英聽不到任何聲音，所有人的動作、笑容都持續著，嘴巴依然張合，但就是沒有了聲音。阿英驚慌地四下張望，人群正為即將到達的勞軍結束前的高潮擁擠著向前台，但她沒聽到聲音，好像司令台周圍空間突然變成了真空。

阿英看不到弟弟，因為人群阻擋了視線。她驚慌的擠過人群，看見弟弟還躺在圓屋頂的牆角下睡著。她又靠近一些，似乎嗅到一股令她產生恐懼的氣味。她記得那氣味。在小學四年級的某一天夜裡，一發匪砲擊中她家，隔天早上，她站在滿室粉塵碎石的大廳，地上還躺著一大片撕裂的砲彈彈身和已被塵土覆蓋的一攤血泊。阿英的祖母就在那次砲擊中過世，她清楚記得從那片形狀猙獰的砲彈所散發出來的詭異刺鼻的金屬氣味。

然後，她聽見自己的尖叫聲凌厲的撕破夜空。

6

藝工隊的藝人們上了卡車離開；阿兵哥也整隊回營；村人帶著議論紛紛的說法逐漸散

去。黃排副陪著阿英，直到阿爸阿娘來到現場才回去。

阿娘抱著弟弟不斷哭泣。阿爸的面孔僵直，嘴中喃喃唸著，像是咒罵，又像是悲鳴。阿英因驚恐過度而失語。

副村長陪同軍方來到現場。勘驗結果是圓屋頂水泥磚掉落，正好擊中躺在地上的小孩頭部，失血過多而斷氣。牆角上方就是圓屋頂的屋簷，當時眾多阿兵哥擠坐在這裡。眾人猜測應是阿兵哥推擠時不小心碰落水泥磚造成的悲劇。軍方代表同意進一步調查責任。

夜裡，阿英躺在床上，阿娘的嗚咽聲從櫸頭房間傳出，悠悠忽忽的穿過天井、越過燕脊傳向夜空、然後又繞回她的房間。睡睡醒醒之間，阿英有時候以為聽見了弟弟半夜的啼哭。

到了清晨，阿英起床的時候，看到阿娘正準備出門，她的臉上還有鼻涕淚痕，眼睛紅腫得只剩一條細縫，一夜之間，阿娘蒼老了很多。她把花帔綁在身上，弟弟就躺在花帔裡。阿英驚懼的看著阿娘：

「阿娘……」她不知道該說什麼。

「妳去幫忙煮粥。」阿娘用沙啞的聲音吩咐。「煮好後去提水，把水缸裝滿。我去找聰叔。」

聰叔是村子的長老，懂得一些藥草，村人跌打損傷會找他，久了就成了村子的救急大夫。

「弟弟他……阿娘……我跟妳去。」阿英看著花帔裡的弟弟，臉上的血跡已經擦拭乾淨，臉色很白，眼睛緊閉，像熟睡一般。她不知道阿娘要做什麼。

「妳留在家。」阿娘的聲音沙啞虛弱，但指令很篤定。

阿娘出門了，她揹著弟弟去敲聽叔家門。一會又走了出來，在聽叔家門口哭了一陣，又往政戰隊的駐地方向走去。阿兵哥正在宗祠門前集合場地舉行講習會，阿娘突然走進會場引起了講習會一陣騷動，她直接從人群穿了過去，她要找醫官。

「劉醫官，救救我的孩子啊！」阿娘來到醫務站的醫官前面。她把孩子轉到前方，要劉醫官看。

劉醫官是剛從醫學院畢業的年輕預官，此時臉色都泛白了。

「阿嬸，孩子已經過世了。」劉醫官不安的說。

「你救救他啊。」阿娘把花帔裡的孩子遞過去，哭了起來：「你救救他啊。」

一旁的政戰隊長過來，一邊安撫阿娘，一邊請小兵趕快找副村長過來。

劉醫官離開時，阿娘還坐在大宗祠的門檻上，嘴中哭嚷著：「救救我的孩子啊！」

副村長來的時候，聽叔剛好也來了，他皺著眉對副村長說：

「實在沒辦法啊。」

「大嫂啊，妳先回家，不要讓孩子露在外面，我來跟他們談。」副村長安撫著阿娘。

副村長是外省籍軍人轉任，村子許多與軍方的交涉都透過他。

「我要救人，救救我的孩子！」阿娘停下啼哭，語氣反而更堅決。安撫著許久，看到沒有作用，副村長的氣也有點上來了：「大嫂啊，人都死了，妳不要揹著到處跑，會嚇到人的。」

阿娘想到什麼，猛然站起來：

「醫官沒路用，我去找朝旺，乩童會有辦法的。」

阿娘揹著弟弟離開了宗祠前的講習會場，穿過幾條巷道來到大街，大街上有些人已經把店門拉開了，看到阿娘就把門關上；有些人出來跟阿娘安慰幾句；有些人趕緊出來把原本在門口玩耍的小孩拉了進去。

副村長請人把在田裡工作的阿爸找了來。阿爸暗沉的臉還沾著田裡的塵土。兩人在大街上拉扯了一會，阿娘才妥協了讓他陪著走回家。

7

事情過後幾天裡，阿英晚上常做惡夢，醒來時既害怕也難過。除了吃飯，她大半時間躲在房間裡，有幾次一出房間，就看到阿娘一個人在角落拭淚。阿爸像平日一樣很少開口，但有時在飯桌上吃著吃著就突然咒罵起來，即使沒有指著她罵，但阿英知道是在罵自己。

阿英出門都會避開前廳，改走巷仔門。即使在家裡走動，她會繞過前廳中央的位置。那個位置是她腦海中保留著兩天前弟弟的最後一個畫面：幾張平常吃飯用的板凳並排，上面平擺著一張舊門板，弟弟用一張草蓆捲起，停放在上面。整個前廳安靜空曠，只有紅頭蒼蠅低沉的嗡嗚聲，更為這個畫面增添了記憶的刺痛感。阿英避免再到紅土坡的相思樹林，之前她曾經在林子的垃圾堆丟過舊草蓆，而現在，她怕再看到草蓆，也不願想起她曾經丟過的舊草蓆。

早上，阿英像往常一樣到隔壁找小娟一起走路上學，小娟的媽媽說小娟已經先去上學了。放學的時候，小娟也沒有跟她走在一起。第二天，小娟還是避著她。第三天，在學校遠遠看到小娟，阿英就主動避開了。阿英覺得身上帶著晦氣，她走到哪裡，晦氣就跟到哪裡。

走在村子裡，熟人見到阿英仍然會前來問候，阿英盡可能縮短這些談話，這些談話想從她這裡探聽話題的成分總是多於對她的關心。

她沒有再去找黃排副。她想到弟弟躺在血泊中的時候，黃排副正在司令台上與藝工隊的藝人們歡唱跳舞，黃排副的燦爛笑容讓她有一種難以言說的酸痛感受。

阿爸到村公所找副村長，想了解軍方對這個事件處理的情況。

「駱先生，營長已經來跟我說明調查結果。」副村長很誠懇的倒了一杯茶，請他坐著。「營長說，當天勞軍時，因為人太多，大家都隨便找位子，實在是查不出誰把水泥磚擠掉了。」

「何況……」副村長頓了一下，「妳女兒就把孩子就擱在頂上最多人的牆角。」

當天晚上吃飯，阿爸臉色很難看，阿英不小心把筷子碰掉地上，居然惹來阿爸一陣怒罵。日子每天這樣過著。一提到弟弟，阿爸就會大發脾氣。阿英越來越懼怕見到阿爸，她經常躲在房間，或者到廚房跟阿娘在一起。阿娘每天傍晚都到會山寺拜拜。如果阿英在家，通常會陪著去，幫忙提東西、擺供品。阿娘在佛祖公前燃香，除了祈求全家平安，還比平日多了些話語。

「請佛祖公多多照顧弟弟。」阿英在一旁，聽著阿娘喃喃唸著。「他才兩歲，什麼都不會。」

這天，阿英像平常一樣陪阿娘到會山寺拜拜，她在廟裡擺供品，聽到一旁角落兩個婦人低聲說話：

「那孩子可憐。伊爸整天罵她。」

「孩子不懂事，大人也有錯，怎麼就怪小孩呢。」

「是啊，從出事後，就天天罵。」

「可憐阿英現在都不太會講話了，不知道會不會起肖……」

聲音越來越低，阿英就聽不清楚了。阿英看著神龕上低著眉的佛祖公，香煙在案前形成一座薄霧般的牆。

祂知道我嗎？祂知道所有事情嗎？祂會答應阿娘的祈求嗎？

阿英亂糟糟想了許多，然後就聽到阿娘在喚她回家了。

隔了幾天，阿娘從廟裡回來，帶回一個大消息。阿娘帶著對逝去弟弟的感傷般的語調講述了這件事情。

「朝旺，就是那個乩童，她的小女兒在家門口廣場玩。她蹲在地上玩耍。當時廣場上停了一輛吉普車，一位不會開車的衛生連士兵，不知道為什麼竟然跳上吉普車上玩，結果發動了車子，車子不受控制的往前衝，就這樣把蹲在地上的小女孩給撞死了。」

阿娘說，朝旺說他事前他就有預感，所以特別囑咐不讓小女兒出去外面玩，小女兒憋了幾天，還是偷偷溜了出去，沒想到終究逃不過劫數。

村內接連發生兩名幼童死亡意外，開始在村子裡造成騷動不安，婦人們聚在廟裡交換猜測的訊息，男人們在街頭的老黃槿樹下喝茶開講也圍繞著這個話題。阿英感受到村子的氣氛有了微妙的變化，不安的情緒中反而多了些對阿英一家的同情。

經過幾天的醞釀，會山寺的神明對這個事件發出乩示：有一艘天上王船路過本村落，要找三名孩童伴行。經本境神明向王船請求，王船同意不再找第三名孩童，但要在廟埕設立「王船旗」神位六年，定期祭拜供香火。同時遶境巡安釘五方時，須留一方讓王船可自由出入。

得到這個乩示以後，村內氣氛才如同塵埃落地逐漸平靜下來。

8

此刻阿英正仰躺在開往臺灣的登陸艦甲板上，滿天星星，就像在老家屋頂看到的星空一樣。不同於村裡的風總攜著四季花草的氣息，此刻吹拂著她的風則是帶著海的鹹味。她剛從國中畢業。如同先前跟阿爸阿娘講好的，她將搭第一個船班赴臺，去臺北找工作，不想繼續念書。阿娘陪她到村公所門口搭軍用卡車，準備前往料羅港候船。

阿娘瑣碎地提醒她有沒有漏了該帶的物品，還有交代她到臺灣以後要注意的事。阿英沒有專心聽，她的心思正如電影放映機瘋狂迴轉的混亂，有些影像卻清晰如停格的電影畫面。例如她和阿娘在灶前燒柴，火光中阿娘拿著舊報紙學習識字；還有她看見阿爸在空曠田野站著如一座岩丘；她也看到搖搖晃晃學走路的弟弟，叫著姊姊姊姊。她還看到黃排副在坑道軍營中看著她的灼灼眼神。

軍用卡車開走的時候，她彷彿看到阿娘在兩年前事件發生之後流露的哀戚。

卡車隆隆開在傍晚時分的環島東路上，落日滑入太武山另一側，村子逐漸沒入陰影中。

島上的馬路都沒有路燈，木麻黃的樹影半暗半明交替著。棚架的軍用卡車聲音很吵，卡車上沒有人講話，也或許每個人都有著像她一樣的心事。

阿英行李箱側袋放著一個平安符和一張籤詩。平安符是阿娘從會山寺求來給她的，籤詩則是幾天前阿英在幫忙打掃阿娘房間時，不經意在阿娘提袋中看到的。猜想阿娘不想讓她知道，阿英就把這張籤紙藏了起來。這張印著「下下籤」的小紙片上的籤詩內容，她已經牢牢記得：

「一鉤新月掛天邊，孤旅客身日如年。去後不須回頭問，關山阻隔兩相懸。」

軍艦還停在港灣等待出航的潮汐。搖晃的甲板已經讓阿英覺得暈眩欲嘔。大海像一片不斷起伏搖晃的大地，這才想起黃排副說他的土地是這個海峽。如果說阿爸的土地就是他的田，那麼阿娘的土地應該就是弟弟和自己了。而自己的土地是什麼？阿英陷入了深深的思緒中。

一位年輕軍官向阿英靠過來，遞了瓶綠油精給她，在鼻下和額頭塗抹了抹，阿英的噁心感果然少了些。軍官和她攀談起來。他是一位返臺休假的義務役軍官，不同於黃排副這類職業軍人的堅毅和穩重感，這些稍嫌稚氣的義務役軍人多了些樸拙生澀的模樣。他是國立大學工程碩士，畢業後就來金門服役，在太武山腳挖掘坑道。他對阿英的村落很熟悉，也常到金東電影院看電影，以及到大街上吃冰，他們聊到街上幾個共同認識的人，話題就更多了。阿英說她到臺灣之後將先借住親戚家，再去找工作。軍官說他希望退伍後能夠到美國讀書。

在肅靜的夜裡，登陸艦逐漸駛出料羅灣。軍艦甲板上不時有著尖銳的機械摩擦聲響和鍋爐低沉轟鳴，近千名上艦的民眾多數待在船艙，只有少數像阿英一樣留在甲板上，阿英視線越過船舷，眺望大海，近處的海水呈現微微閃亮的銀色，遠處則是一片巨大未知的墨黑。

一波浪濤襲來，阿英踉蹌不穩，差點跌倒，軍官扶住她。阿英這才注意到，軍官年輕的臉龐有著像弟弟一樣的純真光澤，宛如四月的翠綠麥田那樣讓人欣喜，而她，則是那蟄伏在麥田裡的夢冬鳥。

賞析

石曉楓／文

陳慶瀚為資訊工程系教授，卻鍾情於寫作。〈四月麥田〉以十三歲的金門少女駱阿英為主角，書寫在地村落時，地景描繪細膩生動。在此空間裡展演的村民生活，諸如佛祖公神蹟、會山寺普庵佛祖公生日、神明的乩示等段落，則展現了島民的生活信仰；館棧（即總鋪師）、燕菜、花帔、軍用口糧等質素，也自然帶出金門民間日常活動點滴。至於往事追溯如民國二十幾年鼠疫肆虐、阿英之父因國共內戰而困於金門等，則形成歷史縱深。全文在軍人和百姓之間的日常相處裡，帶出少女阿英的嚮往、悲傷與鄉土情懷，抒情而動人。

小說首先刻畫在阿英視景下的金門鄉民日常點滴，紅磚石牆的凹凸紋理，番薯糜、紅燒海蚵豆腐的味道，傍晚時分父母前往村中籃球場叫喚孩子回家吃飯的聲響，種種觸覺、味覺與聽覺交織。除此之外，首節尚以近乎白描的方式，帶領讀者鳥瞰整個村落的地理方位，認識村落的地理環境。二節則將空間縮小，聚焦於阿英的家庭生活，細膩刻畫主角與父親、母親及弟弟之間的互動，其中阿英「覺得阿爸是田埂的一塊石頭或一棵樹」之描述，與首節描繪村落風光時提到「天色未亮的太武山像蹲坐在田埂抽菸的靜默老農」相互呼應，展現了農村中人與土地融為一體的形象感。第四節寫會山寺普庵佛祖公的生日，第五節起寫勞軍表演，全文的高潮與轉折慢慢醞釀，直至最高點情緒陡降。之後母親徒勞求救於配藥草的聰叔、軍官劉醫生、乩童朝旺等，暗藏了死亡與癲狂的恐怖性，以及阿英的內在創傷。最終事件以「乩示」王船過境所導致的村落悲劇落幕，之後阿英也離鄉赴臺讀書。

關於這樣一樁情事的書寫，作者以文學、電影作為含蓄的喻示。小說第三節阿英往觀電影《亂世佳人》並讀完原著小說《飄》後，與母親之間的對話暗示了所有事件之因果，無非是「命運的安排」。然而，人在無常裡能堅持的是什麼？黃排副的問題與提示「妳有想過什麼因素讓郝思嘉如此堅強？」「也許是土地。」「土地除了種植作物，也栽培人」，則為小說提供了開放性思考。

此外，在沉寂村落裡少女自有夢想，悲劇發生之前，阿英讀過黃排副出借的電影畫報，對遠方有著無盡想像；她與閨密小娟曾一起在相思樹林裡祕密編織著未來，希望擁有美麗的蓮花池以及環遊世界；她最愛農忙的四月，因為麥田裡藏著振翅飛起的夢冬鳥。夢冬鳥自然是阿英夢想之所寄，牠忽隱忽現於全文脈絡，直至收尾再現而定調。

本文曾獲二〇一八年第十五屆浯島文學獎短篇小說首獎，陳慶瀚受訪時，曾提及〈四月麥田〉取材自民國五十年代大阿姨駱阿英的真實經歷，當年十三歲的駱阿英帶著年僅兩歲的弟弟看勞軍表演，表演結束時，由於屋頂不堪重壓倒塌，壓死了弟弟。至於這樁事件女主角現實的歸屬是嫁給了軍官，並移民美國，後因癌症過世。經由陳慶瀚的夫子自道，現實與想像交映，讀者或亦可由此揣摩小說創作奧祕之所在。

吳鈞堯

ABOUT

出生金門，曾任《幼獅文藝》主編，獲九歌出版社「年度小說獎」、五四文藝獎章、中山大學傑出校友等。著作《火殤世紀》獲文化部文學創作金鼎獎、《重慶潮汐》入圍臺灣文學金典獎。多次入選年度小說選、散文選、新詩選。與金門相關之著作有：新詩《靜靜如霜》、《水裡的鐘》；散文《金門》、《龍的憂鬱》、《荒言》、《熱地圖》、《一百擊》等；小說《如果我在那裡》、《金門歷史小說集》、《火殤世紀》、《遺神》、《孿生》等。

神的聲音

1

聲音。什麼是聲音？這是一個有趣的問題。因為祂現在，已無法辨別塵間有意義的、跟缺乏內涵的一切聲音。何必分辨呢？永恆的聲音經常跟人間無關，那些沒有溫度的，譬如狂風颮、大雨作、急雷打，才是永恆，以及夏日初來第一聲蟬鳴，秋天甫過紡織娘振動牠們粉紅色薄翅，冬日新到大地龜裂，以及自然春回，綠芽如海的波浪，從這頭掃過，從彼端奔回。

這才是真正的聲音。

祂，站在人們為祂豎立的高台，頭大耳尖，定風珠含在嘴中，是頭雄獅，卻仿人，挺直腰桿，雙爪平舉過肩。台上一只香爐，燒盡的香柱參差歪立，紅色披肩掛身，卻是褪色、卻是破朽，再不多時，或者再起一陣大風，披肩將被撕扯破爛，就要露出祂赤裸渾白的、著病了一般的土夯本色，以及被披肩遮掩住，一只巨大的葫蘆。

巨大的葫蘆是祂初初被塑為神時，人們經過祂，最醒目的焦點。孩童愛在祂身旁，摩挲葫蘆玩，婦女多在午寐跟農作閒暇時，趁人少，焚香禱告，先偷偷以眼膜拜，繼而飛快滑過祂的大葫蘆，渴望生個男丁。祂曾經積極回應居民禱告、曾經滿身大紅披肩。彼時，大風過，掀起祂身上數十條披肩，渾如天神駕馭晚霞蒞臨人間。

祂不再回應人間需索，因為祂不再聽到這些聲音，祂像一座豎立的墓穴，只是人們不知道墓穴裡頭，是一個已死的神。

祂，聆聽四季，聽蜈蚣爬進祂洞開的嘴，聽見麻雀在祂嘴巴啄，聽螞蟻伸觸角，傳訊息，不一會兒，螞蟻匯集，協力搬動棲息在祂葫蘆、卻死在祂葫蘆上的蟬。

蜈蚣逃出麻雀的嘴？螞蟻搬走最後一片蟬翼？葫蘆長了青苔？祂都聽到了。幸好，祂只聽見這一切。

關閉聽覺之外的感官後，時間對祂已了無意義，祂的記憶還在飛翔。祂初生時，照料祂的乩童，已如一陣煙霧，驀地散入霧中；陳淵呢？金門的最初神祇，祂牧馬的故事彷彿烈陽下、乾柴裡，劈啪一聲；黃偉、蔡復一等，由人而神的名臣、名將，已被各自的信徒圍繞，祂聽見迎神的陣仗一路吹鼓吹，來來回回；祂的塑像睜大眼，祂的內心卻閉緊眼。春去秋來只是時間的計量，老朽的，只有軀殼。祂沒有老，神不老，不死，卻會哀傷。

萬一，人的聲音跟四季、螞蟻、蜈蚣的騷動摻雜在一塊兒，祂沒來由聽到，忽然祂就打起冷慄；祂聽到的已無關祈禱、懇求或喃喃，而是鼕鼕鼕、咳咳咳、崩崩崩，從一個冷寂的墓室傳來。

祂沒料到自己也會有夢。夢，竟然不是人的專利，神有夢，而且深冷，沒有溫度。鼕鼕鼕、咳咳咳、崩崩崩。倏然，祂又回到墓穴，看見婦人囚禁穴裡，啃光最後一片餅乾、喝完最後一滴水，點上最後一支蠟燭……也許並不是最後一支，但那無關婦人的命運，她要的不是燭光，是洞穴外一點自然光。婦人臨死前，並沒聽到她漸要隆起的腹腔之中，聲音越來越弱的心跳。祂聽到了。鼕鼕鼕、咳咳咳、崩崩崩。這是婦人肚子內的聲音、也是婦人臨死前，睜眼，盯著暗黑的墓穴牆壁，所幻想的唯一聲音。如今，它們嵌合了，一在內、另在外，都響在祂的耳朵裡。

汗沁涼，流下祂的背脊，魂方回，暈頭暈腦，整副軀體幾乎從台上跌下去。祂整理精神，見著眼前一名婦女，持香膜拜，嘴中念念有詞。

祂不禁惱怒，方才的惡夢來自婦女的禱告。祂既醒轉，又豈能再被干擾。祂專心聽著遠遠樹林裡，一隻蟾蜍爬出藏身的樹洞。蟾蜍臉，滿疙瘩，哪瞧得出快樂還是不快樂，祂卻知道牠是快樂的。透過蟾蜍的聲音，祂看見蟾蜍的世界。

看見，一個滿是夏蚊的樹林。

這個傍晚，除了蟾蜍，還有一窩牠的蟾蜍孩子；牠們一隻隻跳出洞窟來，正吐舌，探觸這一天的溫度。

2

聆聽。什麼是聆聽？這問題像打啞謎。如果一個人的疑惑，在這世界找不到可以對等述說的人，尋不著一床有溫度的棉被，缺乏可以抆去淚水的手帕，跟生命面對時，我們的容貌能是什麼？

我們在各種場合說話。通常，這些聲音並不透過嘴巴。比如清晨，從柴房的雞窩中，摸出一顆新下的蛋，到廚房，敲擊碗公邊緣；殼破，蛋白是露水，把蛋黃洗得晶亮，持筷，打混透明跟蛋黃的界線，熱水入碗，透明成了白色、黃色變得淺黃，清香隨之升起。我們在心裡說，這碗蛋湯是一帖藥。

端午節前，往田埂走，雜草總在作物間錯落，拿鋤頭掘，走這頭，回那頭。清晨，麻雀棲息田邊樹，唧啾啾，正跟一鋤鋤的揮動形成節奏。麻雀跟鋤頭、人跟清晨；蝴蝶跟茶壺、人跟露水，不只是單純的四季勞動，或者大霧茫茫，或者掌繭重重，有些聲音埋伏在不說話的風景中。

中秋節後，風粗獷、大地枯、飛鳥絕，農人農婦沿田間，撿拾收割時，遺落田中的小麥穗、花生跟地瓜。眼睛，張開再張開；腰桿，彎曲又彎曲。這些沉默的姿態又說出什麼不靜默的聲音？

誰知道這些是聲音，誰來聆聽？

沒有人聽，不代表陳品娘就不說話。傍晚後，晚餐前，陳品娘環視一室的黑暗。黑暗，因為燭光一盞微醒，顯得更黑。它照耀。它閃動。八月天，床上的人蓋緊棉被。棉被厚實，容貌、身形、呼吸，都被遮掩。遮掩不住的，是陳品娘心頭的眾神。恩主公陳淵。三太子哪吒。土地公。文武名臣黃偉、蔡復一。灶神。錯落島間各村的風獅爺。太武山麓一間低矮的廟，廟裡供奉太武夫人，旁邊一座不知風雨侵蝕抑或傳說模糊，致使面貌難辨，渾似人蛇合體的陪神厲歸。媽祖婆與大道公。觀世音菩薩。祂們陣列燭光周圍，各自以慈祥的眼神看著陳品娘，再緩緩移動視線，注視床上的人。

陳品娘一開口，眾神也跟著開口。

眾神說話的樣子各有不同。陳淵說話，鬍子微微顫動；黃偉邊搖頭邊說；蔡復一微蹲虎步，神態威武；灶神頭頂冒煙，右手做微風拂過狀；土地公笑容可掬；太武夫人揚起拂塵；三太子哪吒駕著火輪繞室內跑；不清楚是人還是蛇的厲歸，沒有嘴巴的塑像無法語言，頭卻高抬；大道公凝視媽祖婆，還有無盡的愛戀要述說；觀世音菩薩低首垂眉；風獅爺則喝、喝、喝，大喊。眾神後頭的千里眼、順風耳，祂們的語言是看得更遠的眼睛、聽得更細的耳朵，紛紛睜目、拉耳。以及大樹神、石頭公，以及王爺、關帝爺。

每天一次，陳品娘在日夜交接之際，在傳說中鬼神的出沒時刻，默念禱告。

眾神跟她，誦讀同一份禱告詞，卻音階與口音各異，宛如一場龐大豐富的交響樂。

這匯流交響的語言，卻宛如鎖在一只狹隘的墓穴。陳品娘嫁入林家多年，卻無子嗣。丈夫林資華久病不起。做女紅的手無法幫丈夫把脈。長繭的指頭不是一帖藥。滿是紅絲的眼並非火眼金睛。黯澹的皮膚不是最後的冬天。如刀削的臉頰更不是藥方。那麼，迎眾神、會日夜、齊禱告呢？

陳品娘移出暗室，進廚房料理晚餐。

灶神，被刻在灶頭的牆上，日夜吃煙，束髮髻、留髯鬚的模樣，已難辨識。灶神兩個浮雕的字，還沒有被煙塵湮沒，立在灶頭頂端，看著人間煙火。

3

人是什麼、該是什麼？神，很少想像這樣的問題。這問題，掛在神的背脊，眼看不著、手搆不到，驀然間，千年過、萬年遷，問題不再是問題，而籠統為一個概念：於佛，人是輪迴萬苦萬衷的修行者；於太武夫人，人是唯一可以跨越時空的動物，能夠憑藉修煉進入化境；於老子與莊子，人是一件要被掙脫的衣服，紋飾、語言等，都是障礙；於陳淵，人可分為蠻夷與中原；於黃偉與蔡復一，人是一種向上的意志；於厲歸，一個渴望成仙的土著，人是懂得跟不懂得文字的差別；於風獅爺，人，創造祂與毀滅祂。

被人創造為神的風獅爺，還承繼佛、釋、道，以及民間俗神種種的，關於人的詮釋：人，手無寸鐵；人，無父無母；人，嗷嗷待哺。風獅爺回到百年前，看著一座墓穴的落成。首先，風水師父接受富家聘請，拿羅盤指方位，辨別層層疊疊的山峰流水，何是烏鴉穴、白鶴穴。購地，裁定墓穴大小方位，道士焚香祭拜，陰宅構築。人，存活時，已籌幄死後永恆的眠址。為數更多的人，卻汲汲一瓢一食。比如那婦人，喜氣洋洋打扮，仿如大喜之日，被送進一只墓穴。墓碑上，卻沒有她的名字。她的後代，如何在清明節為其掃墓、掛墓紙，如何吟念對先母、先祖的思慕。

這是一個人，一個與人間斷了線索的人；卻是這個人，聯繫了神跟人的關係；神，該如何看待人？

風獅爺陷在祂的問題裡。風獅爺阻斷祂對人間的聆聽。祂只聽四季，聽風聲蟲鳴。祂如何辨識一隻大蟾蜍，看見夏蚊飛滿黃昏，張眼、吐舌，露出滿足的笑容。

風獅爺陷入回憶時，聽見更多的聲音。那時候，祂還沒有進入墓穴，看婦人瀕死，還沒有對人失去信心。窮人、富人跟做官的，都跪在祂的眼眉下，祈念風調雨順，事業順利，身體健康。禱詞千篇一律，卻似一顆顆香軟甜膩的星子，滑進祂土夯製的胸膛，倏然，群光迸、眾輝響，祂的身子忽而輕盈，掙脫祂的笨重軀骸，立在自己尖小的耳尖、踏在自個兒圓潤的前額，祂快活逡巡村落，三合院屋頂上的風雞、烘爐、八卦、仙人掌等避邪物全都驚訝閃動，黑暗中，祂跟群靈發出祂們或強或弱、或綠或藍、或紅或白的不同光譜。

想到此，風獅爺不由得發出緬懷童年般的嘆息。夜間飛行，已是一件太舊的記憶了，祂睜開眼，看見風雞立在屋頂打瞌睡；烘爐不再傳出溫度；八卦蒙黑，不再知道哪是陰、哪裡是陽；仙人掌枯死多年。祂想飛出塑像的束縛，才發覺早已使不上力。忽忽百年，祂坐困塑像中，祂就是祂自己的墓穴。

沉睡時，記憶醒轉，風獅爺聽到聲音。聽到人跟祂說話的聲音。聲音中，有香料使祂快活微笑；枸杞讓祂醒神；當歸使祂溫暖；柑橘氣味一到，即知秋冬；花生伴著糯米香，清明將屆；各種餅乾水果伴隨生辰忌日。有人說咳咳咳。有人說生意順利；有人說，夫遠行泉州，金門、泉州遙念相繫，彷彿妻也從金門遠行，夫到了多遠的地方，妻也在多遠的天涯；有人說父子平安；有人說，子不在歸途上，父母彷彿漂流。有人說崩崩崩。有人說官宦無憂。有人說，他鄉是最遠的凝視，有人說，神是最近的陪伴。有人說鼕鼕鼕。

人是什麼、該是什麼？

風獅爺夢見，祂在大海的一艘船上。祂被立在船首，大口吃進風、大聲放走浪。風大。超乎祂想像的大。祂吃進的風，卻撕扯祂的身體。祂翹立的小尾巴首先被毀。再是巨大的葫蘆。雙腳風枯，化成一陣沙，吹走。祂的身體由下而上消逝。祂依然站立，張大口，吞狂風。

一陣大浪來，祂被打下海。

海水灌進洞開的嘴，再在龜裂的身體流竄，一陣急促的聲音在祂體內敲擊開來：鼕鼕、咳咳咳、崩崩崩。

4

人，死或不死，都有其淵藪。陳品娘決定死。

床上的棉被已失去它的緩慢呼吸，摺疊整齊。不再有人需要一盞燭光，提醒他、暗示他，人間猶有微光。雞下蛋，交給六叔上市場兜售，不需再以開水滾泡。陳品娘的丈夫林資華，躺作大廳內一個靜止的殘像。儘管他生前已如殘像靜止。林資華生前，曾多次顫抖移開被單，讓他的聲音透出棉被，一字一句宛如遺言，告訴她，再找另一個好的歸宿。陳品娘以死婉拒。那個時候的陳品娘是想活著的。活在林資華身旁，活在林資華的呼吸中。燭光滅了之後，任何時刻都像日夜交會。陳品娘不再呼喚眾神，但是，一室幽光彷彿記熟了陳品娘祈求的儀式，她站定，對床鋪投以注視時，深暗的空氣忽然縮緊，繼而鬆弛，眾神不待召喚，圍立著陳品娘。

陳淵。哪吒。土地公。黃偉、蔡復一。灶神。風獅爺。太武夫人。厲歸。媽祖婆。大道公。觀世音菩薩……陳品娘不再開口、或在心中默禱。陳品娘失去了她的聲音。她摸索床底，觸著一瓶備妥的藥，打開它，毫不猶豫地仰頭灌進。

風獅爺倏地睜開雙眼。

前一刻，祂聽見沒有聲音的聲音。這聲音超越四季蟲鳴、蝙蝠振翅，以及一隻大蟾蜍，在夏日野林的微笑。那是罄的一聲，時間落地、空間歸零。風獅爺眼前，黑悽悽、沉溺溺，祂在一間狹隘的房中。初始，祂以為作夢，回到不願再深入的墓穴。屋外微光透進，祂看見床上鋪疊完好的棉被，暗自慶幸這是一間房。祂靜心神，目漸明，看見陳淵、蔡復一、黃偉等眾神，或遠或近，參差站立。站擠著眾神，房間卻未因此顯得擁隘，牆退遠，邊界盡失，祂看見一個婦女持藥灌口，旋即倒臥、塌軟，白沫陣陣，湧出口鼻。風獅爺捻指一算，知道她是陳品娘，許配林資華為妻。林資華長病不起，未留子嗣，香火絕，路已盡。故而，她選擇以房間當她的墓室，她不渴望外界的一丁點光亮。她要死。

眾神圍繞站立，低眉垂首，眼前事，似僅幻影。

婦人雙十有四，身形瘦削，倒臥抽搐，彷彿雙腳正被不知名的力量持住，用力甩動。口沫甩出她的嘴巴、眼珠子甩出她的雙眼，雙手握拳，遲遲不願鬆懈。雙掌之間，恰是死亡，她握得越緊，軀骸越抖得厲害。

她，自作孽嗎，該死得悽慘？

她，哪裡作孽了，她只是認命。

她，認了什麼樣的命？

毒藥入胃，變成火，熊熊燃燒。腹腔開始鼓譟，往胸腔逼迫。逼不進的，便以刀劃開，強行進入。她渾身上下變成一把刀，四處竄。她忍住一口擠到牙根的聲音，聲音們被她溶化，成為一陣陣白沫。她痛到幾乎暈過去。風獅爺不知道陳品娘死了沒？她抽搐漸緩。被甩走的眼珠子漸漸回到眼中央，陳品娘已放棄感受她的痛苦，痛楚遠了，陳品娘柔和地朝著冥空微笑。眾神悚然一驚，紛紛論斷陳品娘。

陳品娘，就該認了這樣的命，死？

陳品娘瀕死前，卻以她的微笑，把房間布置成一個新房。那是她的新婚夜，林資華身體健好，能走能跑能吃能酒。他雙親早逝，叔父撫養成人，堂兄弟個個成家立業，才看見自己形單影孤。叔父為他聘陳品娘為妻。林資華協助叔父料管農田庶務，協助農夫購種、採收、販賣，終年勞累，身體日虛。清明節前後，氣候多變，早上晴陽，過午卻霪雨不止，林資華在田間淋了滿身雨。回家，微染風寒，但不以為意，不料，陰寒入身，吃了幾帖驅寒的藥，寒毒未去，卻徒增虛火。

虛火，也不是真正的火，沒有光，只有熱。蛋清洗不去，蛋黃無法生色。虛火無以煨暖棉被，陳品娘的手再快、再巧，賣出去的女紅也換不回驅寒滅火的藥。

林資華在眠寐中，常看見雙親的模糊影像，鬼火一般，忽上忽下跳躍。林資華從小就在演練跟親人的告別。一次次告訴自己雙親已死，卻未必真的死去。他曾聽說，倭國有鬼太郎，其父因病早亡，放心不下愛兒，致使他的一顆眼珠子跳出墳墓，變成一個眼妖，繼續看顧他的孩子。林資華常往父母墳塚，察看是否有一顆眼珠子或一根毛髮，鑽出墳。

金門有牧馬侯陳淵，三太子哪吒，土地公，灶神，風獅爺，媽祖婆，大道公，觀世音菩薩等信仰，黃偉、蔡復一、太武夫人等傳奇，抑或厲歸，一個額前刺有蛇紋的士人軼聞，卻無眼珠妖怪。妖若不在，神何在，鬼又何在？林資華長臥床，幾次矇矇睡著，都以為死已將至。他醒來，兀自看見鬼火抖動。鬼火，猶如他身上的虛火，有光卻沒有溫度，有火卻了無暖意。他強打精神，看著服侍他吃藥的妻子。他的命不能就是她的命，她該有她自己的命。妻子卻不這麼以為。

此刻，他從大廳立起身來，拍拍衣裳，全無病痛。他想走到房間，再看一眼妻子，沒料到房內，眾神圍立。他大驚，警覺事情有異，忘記鬼神分際，忙擰轉身子，挨進眾神之間，看見妻子倒臥在地，已是個瀕死之人。他護衛妻子，將妻子跟眾神隔絕起來，依稀妻的死，正來自眾神的怨念。

孩子啊，神，豈會企盼人死？一個柔和的聲音傳入林資華耳朵。

陳品娘只是認命罷了。又一個聲音。

林資華怒視眾神，見死不救，何為神？

孩子啊，神，並不是萬能的，當一個人尋死，神又有什麼辦法？人，哪是神可以論斷的呢？能論斷的，是他們自己的心，他們的後代。

林資華反問，神，難道就沒有心嗎？

眾神面面相覷。人膜拜神，祈求靈驗，人們稱神有靈，卻未曾稱神有心。眾神啞口無言。

林資華想到自幼雙親早亡，辛苦一生，卻勞碌而寂，苦從中來，哽咽悲泣。眾神看著一個哭泣的鬼跟一個瀕死的人，人鬼殊途，卻一樣愁苦。林資華大喊他的妻子，不該這般死去，眾神慈悲，救救她。眾神回應人們祈求，但如何回應一個鬼？

風獅爺看著林資華夫妻，再看看眾神，拿不出主意。一個聲音說道，在神的眼裡，人鬼殊途卻同歸，神的慈悲正來自祂的憐憫。風獅爺想起墓穴中的婦人，想起她如何盼望外界的一點微光，以及她肚腹內的心跳聲，如何黯澹如微燭，再寂滅死槁。

剎那間，風獅爺耳中響起百年間，人們跟祂祈求、祂卻充耳不聞的各種聲音。祂了無負擔地聽著這些遲來的聲音，一句一句，分屬不同年代，一字一字重疊，卻絕不混亂。人們的祈求，終於又是聲音，而不是鼕鼕鼕、咳咳咳或者崩崩崩。婦人帶著對孩子跟丈夫的愛，走入墓穴。風獅爺想到這兒，不禁哭了起來。

原來，神有淚水。

風獅爺徬徨未定，心中暖意自升。祂的心思傳達給眾神，狹隘漆黑的房間，光明綻放，神采奪目。祂看見陳品娘滿足地微笑，緩緩閉上雙眼。

5

正月，有兩種臉色。一是過年期間，紅春聯、新衣裳、燃炮火，儘管樹枯風寒，卻生息盎然。年一過，像偽裝的把戲已被識破，天寒、地乾、風更狂。正月，卻在林家有了第三種臉色，元宵還沒到，陳品娘留雞蛋、備香燭、裁祭品，彷彿才要過年。

農曆十八，風獅爺生日，是林家在正月的第二個年。林乃斌持雞蛋，興奮地尾隨陳品娘進廚房。陳品娘鍋蓋一掀，熱氣蒸騰，林乃斌已知道如何不把蛋煮成蛋花湯。蛋，沿著鍋的內緣輕置，雞蛋滾進沸水，感受浮力，隨熱流左搖右移後，安然著立。林乃斌愛看雞蛋入水，暫時的失重漂浮，虛虛恍恍，如同一個夢。

煮熟一顆蛋，像見證生命的轉換，它的漂浮是它的掙扎，它的詢問。林乃斌不由得問陳品娘，若不煮蛋，就可孵一窩雞了。陳品娘知道他的心思，微笑說，蛋哪，有拿來孵、也有拿來吃的，再說，風獅爺愛吃雞蛋。

母親哪知風獅爺愛吃蛋？林乃斌知道自己愛吃，尤其雞蛋染紅，味道格外喜氣。

雖是風獅爺生日，卻不見村人大張旗鼓祭拜，只陳品娘提香籃，攜林乃斌，頭戴帽，頸繞巾，圍堵強風，打燃香燭。若干年後，林乃斌才知林資華、陳品娘並非親生父母。親生父母是叔公六子，過繼他與陳品娘，延續林資華香火。母子倆跪在風獅爺跟前。寒風凜凜，風獅爺大紅色法袍被吹扯得啪啪響，陳品娘喃喃祈禱，每說幾句，法袍啪啦幾聲，彷彿一問一答。

人跟神，真能說上話？

神的眼，看得見世間？

神的心中，真的有人嗎？

林資華罹病那幾年，陳品娘篤信神。她召喚正神、俗神跟偏神，無神不拜、無神不求。她的祈求不限於形式，在刺繡時紋入善念，飼養雞隻時散布佛說，然而，祈求神聞問人間疾苦，難道是消解苦難的自圓其說？正月十七，當她竊喜丈夫熬過了年，病色漸緩，得以起身喝粥，隔天一大早，陳品娘摸索雞窩裡的蛋，打碗湯，在房間點盞微燈，正要扶丈夫起身食用，卻發覺林資華已缺了一口氣。他的身體少了一口氣疏通，蓋再厚的棉被，都抵擋不了冬風凜凜，鑽窗縫，尋被隙。林資華不喊冷，不唉疼，他遠離人間苦，他留下人間苦。

六叔打理張羅林資華喪事，停柩客廳。一整天，陳品娘恍然不知所以，呆坐客廳。過午，六嬸端來的一碗粥，幾碟菜，也缺了一口氣。陳品娘心念一動，踱進柴房，從雜物櫃拿出前一年耕種時用剩的藥罐。藥不多，她一瓶一瓶收集，得足該有的藥量，放進房內。她進客廳，看一眼躺在棺材裡，正衣冠、穿華服，兩腮還抹上一點紅的林資華。一天不到，丈夫已非她認識的人。她走回房。床上棉被不再蜷縮暗動，整齊摺疊，餘下大量空白。那些空白，她一個人填不滿，那些空白，也沒有子嗣填補。

陳品娘站在陰暗的屋內，沒有一盞燭光。她持藥罐，仰頭灌進。不知道蟲蛾啃食藥物時，能有味蕾辨覺滋味嗎？在飛快的一瞬間，酸的、苦的、澀的、嗆的味道，直貫腦門。

陳品娘內心大聲吶喊，這就是藥物、這就是人生，這是沒希望沒有神也沒有人的味道。這就是死。再來就是痛。痛人間、痛眾神、痛死亡。陳品娘咬住唇，像一條魚拚死咬住餌，罷不了口，唯死而已。

知覺散失，陳品娘的眼皮漸漸沉重，卻無法閉上，反而越鬆越張越開。陳品娘看見林資華來接她。她微笑。雙臂沉，她無法舉起，喉嚨啞，她無以說話。不僅林資華來接，眾神跟著來，陳淵，哪吒，土地公，灶神，風獅爺，媽祖婆，大道公，觀世音菩薩，黃偉，蔡復一，太武夫人，厲歸，環立暗室。

眾神如法輪，繞著她轉。林資華不再往前進，他成為法輪的一部分。她聽見林資華哭。一個哭泣的法輪。

一頭獅子倏然躍出兜轉的圈圈，帶著悲傷的表情跟溫暖的光芒，朝她的雙瞳撞進。明明在她的體內，陳品娘卻能看見獅子張吼。陳品娘認出那是風獅爺。風獅爺吸氣，脹起了腮幫子；再吸，胸膛飽滿；再吸，四肢脹，胯下巨大的葫蘆變作大酒甕；再吸，毛髮豎立、雙眼凸起。風獅爺再也吸不了任何一口氣，卻還繼續吸氣。泥塑的法體龜裂，青紅交錯的血管隱約可見。祂再吸。轉動的法輪忽然停止，眾神垂眉，看著風獅爺。祂再吸氣，多吸這一口氣，跟下一口氣。風獅爺雙眼痛紅，猛然張口大吼，祂所吸入的這一口氣跟下一口氣，從陳品娘體內急急竄起，一口蓋過一口，成為洶湧的聲浪，撞擊陳品娘緊閉的嘴唇。

風獅爺再度大吼。

祂的吼聲，從陳品娘口中吼了出來。

賞析

石曉楓／文

吳鈞堯創作小說，也寫詩和散文，是相當具有代表性的金門作家。本文以陳品娘嫁入林家多年，卻無子嗣的遺憾為軸心，穿插交織人與神之間的感應與溝通。一方面寫出陳品娘傳統金門婦女的貞靜特質，另一方面也藉由風獅爺聽到人跟祂說話的聲音，自然呈現金門的宗教信仰，並穿插神人之間的哲學思考，之後兩線合一，給出溫暖的結局與氛圍。小說在行文中且帶出由人而神的金門名臣名將，如陳淵、黃偉、蔡復一等，融入地方歷史風土的概念強烈。本文曾獲九歌出版社一〇〇年年度小說獎。

讀者若細品此文，當可發現五節之間敘事視角的靈活轉換，是值得玩味之處。小說首節採風獅爺視角，以聲音為引，寫狂風颱、大雨作、急雷打，蟬鳴紡織娘振動薄翅，蜈蚣麻雀螞蟻的騷動，以及蟾蜍夏蚊種種聲響，營造出在地感，也確立時間綿遠、神祇恆在的氛圍。第二節則轉以全知視角，寫陳品娘呼喚眾神，恩主公陳淵、金門文武名臣黃偉蔡復一、太武夫人、媽祖婆與大道公、觀世音菩薩、三太子哪吒、土地公、灶神，以及錯落島間各村的風獅爺等，神人聲響交錯，一切的祈求只源於「陳品娘嫁入林家多年，卻無子嗣」，由此帶出小說主要的事件脈絡。第三節再轉回風獅爺視角，思索「人是什麼」的問題，並以其醒夢之間的感知，帶出村落繁華盛衰、哀憐人世之往事，暗示長年屹立於村落間，風獅爺與村民、地方風土間綿長的情感牽繫。

第四節起重回全知觀點，空間則由大及小，縮限於房內，其間尋死的陳品娘、初死的丈夫林資華之魂魄、環繞房內的眾神，以及風獅爺各自發聲，眾音交響。作者在此節自由開展其對神明心思的想像，展現出「神」所保有的溫度與悲憫之心。第五節則轉出新生意義，若干年後，叔公六子林乃斌過繼與陳品娘，延續了林資華香火。此節重回往事，細寫當年陳品娘服毒瀕死之際，冥冥中的感應。末段非常有力道：「一頭獅子倏然躍出兜轉的圈圈，帶著悲傷的表情跟溫暖的光芒，朝她的雙瞳撞進。明明在她的體內，陳品娘卻能看見獅子張吼。」最終，「祂的吼聲，從陳品娘口中吼了出來。」真幻之間神人交融，風獅爺終究以神的悲憫與眼淚，拯救了貞靜女子陳品娘。

「風獅爺」為金門傳統信仰中重要的神祇之一，初始為防風鎮煞，久而久之甚至成為守護神形象，舉凡祈福祈子、擋宅沖、剋蟻害等庇祐功能，無一不兼備，遂形成在地的特殊信仰文化。作者在本文中將風獅爺人格化，特別獨立而自成敘事視角，並以小說家的想像創生出新故事、新脈絡，從而生動體現了地方民俗信仰與風土人情的自然交融。

張姿慧

ABOUT

一九七二年出生金門，二〇〇二年移居臺北。曾為《環境資訊中心》電子媒體記者、《當代設計》雜誌主編，現為《金門文藝》總編輯、墨言文化主編。曾獲浯島文學獎短篇小説首獎、時報小説獎入圍、兩岸徵文優秀獎、短篇小説集《地雷炸開後》獲選國藝會創作補助。著有長篇小説《我把哀愁藏在笑聲裡》、報導文學《我們從遠方來》、《馬六甲山王與海王——吳心泉家族史》等書。

一個沒有血緣的親人

1

秋天，對我們村裡的人而言是洋溢希望的。

一走出村外，你就會看見無邊無際的高粱掛著紅潤飽滿的穗子，風一吹來，像招手似地熱情吆喝著人們前來收割。每一個上山的人臉上都露出陽光般的神采，彼此打起招呼來也顯得生氣勃勃，但對我那個可憐的排副叔公來說，這個秋天無疑是他最悲哀的季節。

我實在難以想像，排副叔公走過顛沛流離的時代，歷經千錘百鍊的人生，到了晚年竟會落得這般下場。

事情是這樣子的，那天傍晚，我和母親把一袋袋高粱搬到儲藏室後，便進了浴室沖澡。鄉間的夜晚特別沉靜，嘩啦啦的水聲像一首動聽的樂曲，暢快地洗滌我勞動一天的身心。就在這個時候，我突然聽到排副叔公房裡傳來一陣不尋常的聲響，像是有什麼東西被重重摔落在地，很快的聲音止息了，但過了一會兒，我又聽到我叔叔和我堂哥慌張的喊叫聲，接著狗叫聲也開始此起彼落的傳來，最後我還聽到我堂妹淒厲的哭泣聲……我立即意識到，我們村裡出大事了。

我連忙穿好衣服，一路衝向排副叔公的房裡。一踏進屋內，便嗅到一股刺鼻的農藥味，電視機、櫥櫃傾倒在一旁，地面上全是散落的物品，只見排副叔公像蝦子般蜷曲在地，面部表情糾結成一團，他拚命想張口呼吸卻又呼吸不了，整個人因為抽搐顯得極為痛苦，像隨時會死掉似的。

我驚慌地站在圍觀的親人中，拍了拍我堂妹的背低聲安撫：「排副叔公怎麼了？」我堂妹哽咽道：「排副阿公喝農藥了，為什麼會這樣？為什麼會這樣啊？」她嚎啕大哭了起來。

經我堂妹這麼一說，我才留意到床邊擺著一瓶被打開過的農藥罐，立即驚覺事情的嚴重性。我們幾個人手足無措地站在原地，只能不停朝屋外張望。我大叔叔不忍見排副叔公痛苦的模樣，突然往地上一坐，一把抱住排副叔公，再用力將他半邊身軀拉上來靠在自己厚實的胸膛上，我小叔叔則進進出出，不斷叫罵著，幹恁娘！救護車怎麼還不來？

在我堂弟的叫喚下，原本在鄰居家打牌的嬸婆也趕回來了，她一腳跨過門檻，快步走向排副叔公旁，蹲下身來，一邊拍著排副叔公的臉頰，一邊用國臺語交雜的言語斥責說：「死大國啊！你這個老王八蛋，呐詨這夭壽啊？竟然做出這款代誌來？」我大叔叔一聽立即板起臉朝他母親大吼：「俺叔都快死了，汝還咒罵他？伊就是乎汝活活害死的。」我嬸婆似乎想起了什麼，一時心虛便不再回話了。也不知是真傷心還是被我大叔叔這麼一吼心裡覺得委屈，我嬸婆立刻像戲子般地大哭起來。

在大家引頸期盼下，救護車終於來了。兩個年輕的救護員看了看排副叔公，立即為他戴上氧氣罩，並迅速將他抬上擔架。另一個身材較胖的救護員問了幾個問題後說：「來，你們家屬一個跟著上車，待會警察會去做筆錄。」聽到警察二字，我兩個叔叔及嬸嬸面面相覷，後來決定由我那個常常自稱學識甚高的小叔叔跟著他們前去。

排副叔公喝農藥的事像風速一樣，隔天一早就在我們村子裡傳開來了。很多人都為排副叔公感到不值，很多人都將矛頭指向我嬸婆，很多人都說我嬸婆是一個惡人，就連我媽也加入議論的行列，但傳言歸傳言，揣測歸揣測，終究沒有人知道排副叔公走到這把年紀了，好端端的一個人為什麼會喝農藥？

我把我媽從人群裡叫回來，在路上，我用帶點訓誡的語氣跟她說：「好歹她是你嬸嬸，你不要在這個時候亂攪和，跟鄰居講那些五四三的。」我媽一聽勃然大怒：「什麼五四三的，我講的都是事實，為什麼不能講？你都不知道，我自年輕時嫁給他們陳家，你嬸婆一路是怎麼欺負我的。她本來就是個惡毒的女人，為什麼我不能講？」

我不想跟我媽媽吵架，也懶得跟她辯解，便順著她：「好，你講，你講，你愛講什麼就去講。」我止住情緒，藉故轉移話題：「現在是秋收時節，排副叔公正忙著收割高粱，他是那麼有責任感的一個人，沒有理由還在這個時候啊，要死，之前早該死好幾次了。」我媽語氣淡然：「這人啊，要生要死也說不定。」她想了想後又說：「我覺得這事一定跟你嬸婆有很大的關係。你嬸婆年輕時就很可惡，以前也害死過一個人，」

「誰？她害死誰？」我驚訝地打斷她的話。

「不講這些了。」我媽似乎有意逃避我的問題，便自顧自地走回去了。

看來我媽簡直就是個神算，果然不出她所料，排副叔公喝農藥這件事確實與我嬸婆有很大的關係。

據我堂妹轉述，排副叔公喝農藥前的那個早上，他曾和我嬸婆一起去鎮上買菜。這對老夫老妻返回村裡時，在站牌處巧遇也剛下車的阿鳳婆。六十六歲的阿鳳婆身材嬌小，講起話來輕聲細語，是我們村裡公認的溫婉婦女。此刻的她正提著一大袋東西吃力走著，排副叔公向來是個熱心腸的人，他見阿鳳婆負荷不了，便大聲嚷嚷，哎，你拿不動，我來拿。

未等對方回話，便一把將阿鳳婆的袋子扯了下來掛在另一頭的扁擔上，就這樣一路替她背回村裡。

那時我嬸婆強忍著醋意，還虛假地跟阿鳳婆有說有笑的。回到家後，我嬸婆立刻變臉，心中的妒意和憤怒如火山爆發的岩漿傾洩而出，她用極其狠毒的語言不斷地咒罵排副叔公，說他不該幫阿鳳婆，說自己手上也提著東西，怎麼就不來幫幫她呢？說她早看出他這個老不修以前就偷偷喜歡上阿鳳婆了……任憑排副叔公怎麼解釋，我嬸婆還是不肯放過他。

最後排副叔公被逼到不知所措，使力推了我嬸婆一把，對著她罵了句：「操你媽的B，不可理喻的瘋女人！」就憤而離去將自己關在房間裡。我嬸婆見狀，氣呼呼地跟上前，她不斷拍打著房門，用濃厚閩南腔的國語比手畫腳罵著：「馬大國啊，你快去死，你好心一點，有本事不要一直賴在這裡，你快去死一死，越早死越好，你快滾回大陸去……」我嬸婆喋喋不休罵了好一會兒，直到被我堂妹制止才肯罷休。

排副叔公就這樣一個人默默關在房裡，中午也不見他出來吃飯，我嬸婆則像什麼事都沒發生過似的，吃飽飯便到鄰居家打四色牌了。

這聽起來多麼像一篇荒誕的小說，但事實上它真的發生了，而且還發生在我眼前。一個七十歲的老太婆，為了一個六十六歲的老太婆，竟然跟一個七十六歲的老頭兒吃起醋來。即便住在加護病房的排副叔公還生死未卜，即便我堂妹對我述說時眼中還含著淚水，我還是憋不住地笑出聲：「原來女人吃起醋來是不分年紀的。」我自覺失態，話鋒一轉，又說：「你阿嬤真的太過分了，只是幫忙提個東西，有必要這麼生氣嗎？」

「真的太可惡了！排副阿公為我們一家付出那麼多，她竟然這樣對他。」我堂妹忿忿不平地說。

2

我未出生前，排副叔公就住在我叔公家了。他沒有親人，也沒有朋友，孤身一人和我叔公一家住在我們隔壁這間閩南古厝裡。我阿公和我叔公兩家僅隔了條約一公尺寬的巷道，但兩人早已失聯多年了。懂事後，常聽我媽轉述村人瞧不起兩兄弟的一些耳語，聽多了，對他們的過去自是一清二楚了。

這兩個不爭氣的兄弟，讓我們家族蒙受譏諷和嘲笑。大哥也就是我阿公，到處跟人說他為了讓一家人過上好日子，決心負起男子漢的責任，想跟鄰村的一個好哥兒們去南洋打拚，將來會寄上大把大把的鈔票給家鄉的妻兒花用。愛吹牛皮的他果真出洋了，但期間只匯過一次錢，不久便拋下我阿嬤和幾個兒女，在馬來西亞娶妻生子，此後音訊全無，再也沒踏入家門。

去。

我阿公的弟弟稍微好一點，至少他還願意守在家裡，但仔細想想，好像也好不到哪裡去。

我叔公沉迷鴉片煙，經常有一搭沒一搭打著零工，家裡的重擔全落在我嬸婆身上。兒時我見過我叔公，印象中，我叔公是個沉默寡言的人，身材極為乾瘦，凹陷的臉上有兩顆大大的眼睛，眉毛比一般人濃密，總是病懨懨地躺在床上。他的房間永遠瀰漫一股怪氣味，陰森森的就像鬼屋，讓人頭皮發麻。我那時很怕見到他，也很少跟他接觸，反倒和排副叔公比較親近，排副叔公善良又慷慨，經常會塞幾顆糖果或幾包餅乾給我。

那時年紀尚小，圖的也只是那幾顆糖，壓根不知道排副叔公和我叔公是什麼關係，心裡還挺羨慕我堂妹有兩個阿公呢！後來長大成人，才知道是怎麼一回事。

十萬大軍進駐金門的年代，每個村落附近幾乎都有軍營碉堡，我們村也不例外，沿著小溪走幾步路就會看見一座軍營，軍營裡住著許多外省兵和充員兵，他們經常在我們村裡進進出出，大都認識我嬸婆。

聽說我嬸婆年輕時就是個美人胚子，她五官長得精緻，皮膚白皙，身材雖然清瘦，但胸部卻異常的豐滿，與男人講話詩，一雙媚眼總會盯著人看，像勾魂似地，經常招來村人的非議，但她才不管別人怎麼說她呢！

那個年代物質欠缺生活艱苦，我嬸婆有五個孩子要養，還要面對一個抽鴉片的丈夫，我可以理解她的處境，但我媽是個傳統婦女，表面上對她嬸嬸客客氣氣的，心裡卻很輕視她，暗地裡老用一種貞節烈女的口吻對我說：「你嬸婆就是個不檢點的女人，你阿嬤可以上山下海，靠一雙手把你爸爸和兩個姑姑養大，你嬸婆為什麼不行？她就是不願吃苦，跟了那麼多男人，也不怕被人家笑，從來沒見過這麼不要臉的女人。」

在認識排副叔公之前，我嬸婆已經跟過幾個外省軍官了，她總是不避諱把外面的男人領進門，走了一個又來了一個，有的維持一兩年，有的維持五六年，有的一兩個月就不見了，但不管如何，她們家總是有吃不完的饅頭和飯菜，我叔公似乎也默許她的行為，即便村裡的男人都在背後笑他是「龜公」。

早期農業社會加上軍管政策，民風保守，也沒什麼娛樂，每戶人家只要發生點芝麻綠豆大小的事，便成了全村的焦點，因此我嬸婆家只要有什麼動靜，立刻就成了村人農忙一天茶餘飯後的聊天素材。當然這些事情也都是從我媽那兒聽來的，她告訴我：「那個年代，每個人都苦得要死，尤其是你爸，三餐只能喝地瓜湯。你嬸婆家卻常常有飯菜魚肉吃，你爸羨慕死了，唉，講到你那個嬸婆啊，小氣得要命，從來不會分他一口飯吃。還不都是外面那些男人拿來的，你叔公真沒用，全村的人都看不起他。」

「阿嬤不羨慕嗎？怎麼不學學嬸婆，也去找幾個男人回來？我爸就有得吃了！」

我媽似乎被我這句話惹火了，她怒斥說：「講鬼話，你阿嬤長那樣，又黑又髒的，誰會看上她？」我媽目露凶光，但我還是忍不住笑出聲來。

後來也不知道什麼原因，也許是我嬸婆年紀漸漸大了，失去魅力了，也許是倦怠了，聽說有好些年她身邊不再有男人，直到有一回，我叔公在後院養了幾頭豬，我嬸婆去營區索取阿兵哥吃剩的飯菜，在伙房遇見了馬大國……。

馬大國那時是營區的副排長，山東人，有一副黝黑精壯的好體格，手臂上刺有「反共復國」的字樣，二十歲離開故鄉，從此與他的父母永別，跟著國民黨到處打仗，在臺灣待了二三十年後輪調至離島金門。那日，他見我嬸婆一個婦道人家，心一軟，二話不說，就幫她把那一大桶又酸又臭的廚餘提回家。

兩人發展的細節我就不清楚了，只知道後來我嬸婆還是跟馬大國在一起了。退伍後，馬大國直接住進了我叔公家，自此成為我嬸婆的「小老公」，成為她生命中最後一個男人，也成為村裡的一員。

我們村裡的人都習慣叫這些外省老兵「老北啊」，都說我嬸婆愛跟「老北啊逗來逗去」。馬大國以前在部隊是副排長，大家都改口叫他「排副」，不再喊他老北啊！我們家族裡，為了區隔他跟叔公的身分，自小大人們便要我堂妹堂弟們喊他一聲「排副阿公」，我們這一邊的小孩則稱他為「排副叔公」。

我叔公和排副叔公同住在一個屋簷下倒也十分和諧，從我有記憶以來，不曾見過兩人有什麼糾紛。他住了一年多後，我叔公因病去世了。排副叔公名副其實成了我嬸婆的老伴，從此在我嬸婆家做牛做馬，毫無怨尤。

他從威風凜凜的副排長變成一個莊稼人，跟著村人學耕地種田，大夥都說馬大國這個人很了不起。

排副叔公確實是個辛勤的勞動者，他把我嬸婆家所有荒廢的田地都重新整了一遍，在豔陽高照下，排副叔公打著赤腳，牽著牛，一股一股犁過來又犁過去，按著不同節令種植高粱、花生、番薯、玉米，也在菜園裡耕種不少蔬菜，收成的錢全都交給我嬸婆，自己卻捨不得花用。他吃穿簡樸，幾個包子饅頭或一碗麵下肚，再配上幾根大蔥大蒜，他就心滿意足了。

大夥都讚賞排副叔公為我嬸婆一家無私付出的精神，都說我嬸婆走狗屎運，花名在外那麼久了，最後還能找到了一個任勞任怨的好姘頭。

我嬸婆家的女兒都嫁了，兩個兒子也不怎麼成才，老想從排副叔公身上挖點錢來，一家子的生活開銷全仰賴他。除了上山，排副叔公也下海採蚵，在天未透亮的清晨，在寒風刺骨的天氣裡，他穿著水鞋，挑著竹簍，涉水踩過水佃路，抵達石蚵田，一步一步深入泥濘，一塊塊敲下攀附在石頭上的鮮蚵，將竹簍反覆搖晃洗淨後，再挑著擎好的石蚵小踱步地往岸邊走，回到家後，洗個澡休息一下，或坐在圍牆邊靜靜抽支菸，連忙又得趕去山上轉轉。

不只我們村，連鄰村的人都稱讚排副叔公比在地的金門人更像金門人，上山下海什麼工作都難不倒他。

除了勞動賺來的錢，我印象很深刻，每年的七月和一月是排副叔公領終身俸的時候，每到了這兩個月分，彷彿久旱逢甘霖，我嬸婆一家便顯得躁動不安，一大早就會聽見我嬸婆用雀躍的音調高喊，要去領大錢囉！很快地，你就會看到打扮得花枝招展的嬸婆跟著排副叔公去鎮上，回來時，總見兩老手上提著大袋小袋的東西，一家人樂呵呵的迎向他們。

我大叔叔把賺來的錢拿去花天酒地了，小叔叔一心只顧著自己的小家。排副叔公不光在勞力上付出，在金錢上也是無私的，他把所有賺來的錢全花在我嬸婆和我大叔叔一家身上，有時被兒孫要錢要多了，難免會聽到他無奈地發出一聲長嘆，唉，你們這些個兒大鯊魚啊！咬死人，吞下肚，連骨頭都不剩。

但罵歸罵，說歸說，排副叔公從來沒有想過要離開這個家，直到二〇一〇年的夏天，那時兩岸已開放探親多年了，排副叔公終於想回山東走一走。那一天，他將一袋剛做好的饅頭及一把青蔥丟在我家桌上，離去時，我叫住了他。他難掩興奮地說：「哎呀！ㄚ頭，我告訴你一件好消息，老家那邊的親戚寫信來囉！我要回大陸去看看，老天捉弄人哪！四十多年沒回去了。」

「那太好了，什麼時候出發？」

「等十二月領完餉就回去，我準備在老家和他們一起過農曆年。」

「老家那邊還有什麼親人在嗎？」我問。

排副叔公嘆了口氣道：「死了，全死了，只剩我堂弟那邊的小孩還在，我堂弟也死了。」

「回去看看也好，畢竟幾十年來沒回去了。」我試圖安慰說。

排副叔公沒有回答我，喃喃發出幾句我聽不懂的山東話後，邁步離去。

二〇一〇年的後半年，我嬸婆為了排副叔公要回山東老家探親的事吵吵鬧鬧好幾回。我們心裡都明白，她很想跟著排副叔公一塊回大陸。我嬸婆活到這把年紀了，從未離開金門一步，巴不得能有機會出去外面見識見識，好回來跟村人炫耀。但很不幸地，那時她不巧動了個大手術，醫生囑咐她要好好調養，不宜舟車勞頓，我嬸婆向來膽小怕死，便放棄這次和排副叔公一起返鄉的機會。

我嬸婆這個人心眼小疑心病又重，自己去不成也不願成全別人，再說，排副叔公也不是別人，而是為她付出大半生心力的老伴。她很擔心排副叔公這一走就不會再回來了，因此三番兩次找他麻煩，最後在我叔叔等人的遏阻下，她才盡了點本分，打了幾個金戒指讓他帶回老家。

可任誰也想不到，中間還發生了這麼一段插曲。其實我嬸婆已在心裡盤算好幾遍，若以後排副叔公死了，她想有個正式名分，繼續以「馬太太」的身分領半俸，有了名正言順的婚姻，不但對未來生活有個保障，也能減少排副叔公留在大陸生活的可能性。於是她偷偷逼著排副叔公達成結婚協議。

那一天，兩個六七十歲的老人悄悄去了戶政事務所登記結婚，直到我嬸婆的配偶欄上寫下「馬大國」三個字，她才跟家人公開，她才願意放手。農曆年前，排副叔公在我嬸婆的同意下領走戶頭裡的錢，買了許多特產及物品帶回大陸送親戚，這是他第一次把這筆錢完完整整花在自己的身上。

離開前的那一天，村裡的人都賭他不會再回來了，但一個多月後，排副叔公還是出現了。

3

這天下午，正好遇見我嬸婆在門口埕曬衣服，我便順口問她，排副叔公醒來了嗎？她立即停下手邊動作走向我說，我看是沒希望啦，整個人像死魚一樣袂振袂動，只有眼睛抖著抖著。我嬸婆的神情裡沒有一絲哀傷，如同訴說別人的事件一樣淡然，且用字遣詞還這麼靈動，一時之間我不知道該怎麼回話才好。

我實在不想用這種表面評斷，來衡量一個人面對愛人發生不幸事件時的在乎及悲傷程度，但是我不得不想起我媽常講的那句話：「你嬸婆就是個惡毒的女人。」

於是我隱瞞已知的實情，突然起了想讓她難堪的念頭：「都到了可以享福的年紀了，排副叔公為什麼要喝農藥？究竟發生了什麼事讓他想不開？」

「不知影，無代無誌，老番顛，竟然走這一條路！」我嬸婆鎮定地說。

「嬸婆，聽說你有跟他吵架？還一直罵他？」

「沒有的事，你聽誰亂說的？這種話你不要到處亂講，會害死人。」她激動地為自己辯解，語氣極為不悅又叮囑一遍：「你這張嘴不要出去黑白講，你不相信，我可以發誓。」

我本來想辯解，但還是放棄了，一來她是我的長輩，二來我也不想出賣我堂妹，只好隨便敷衍。

排副叔公在加護病房待了三天了，仍舊昏迷不醒。

第四天時，我去了一趟醫院，只見躺在加護病床上的他身上插滿管子，一旁的機器隨著他的心跳不斷地發出聲響。他張著眼，眼球像對不到焦距地自顧轉著，整個人一動也不動地躺在那裡。我走近他身旁，握著他的手，朝他耳邊喊了幾聲「排副叔公」，他絲毫沒有反應。看著幾天前還那麼硬朗的他，一下子變成現在這個樣子，我也難過得掉下眼淚。

奇蹟始終沒有出現，一星期後，排副叔公死了。

村裡的人得知消息，很快出動幾個壯丁，七手八腳在我嬸婆家門前搭了一張藍白相間的大棚子，夜裡，帆布被風吹得嘎嘎作響，像為死者敲響悲傷的鐘，我在房間聽來格外難受。

每天晚上，村人一下工，都會聚在棚子下，抽幾支菸，喝點小酒，談點事情，鬧哄哄的氣氛，明亮的燈光，在暗黑的鄉下夜裡顯得特別有生氣，那一刻，排副叔公的死，似乎也不是那麼重要了。

不知是為了面子，還是基於對排副叔公的歉疚，我嬸婆和我大叔叔竟然來我家跟我爸借錢，他們說要為這個可憐的老人辦一場熱鬧體面的喪禮。我爸媽為此吵得不可開交。

「真不要臉，你那個排副叔叔是因為你嬸嬸喝農藥死的，也不是一件多光彩的事，笑死人了，是要辦得多熱鬧啊？你千萬不要借給他們。」我媽氣呼呼說。想透過儀式彌補一點什麼的心意我能理解，但在我看來也是多餘，我出聲附和：「生前對排副叔公好一點比較重要，死後做任何儀式都沒有用，排副叔公又不知道，就算知道了，他一個外省人也看不懂這些習俗，還不是想做給活人看。」我爸沒有理會我們母女，最後還是把錢借給了他們。

出殯當天，排場聲勢果然浩大，花圈、罐頭塔、毯子擺得滿滿都是，又是車陣，又是人陣，和尚不停地誦經，嗩吶鼓聲吹奏不歇，一些不相關的官員及議員也前來祭拜。我叔叔們還真有本事，不知去哪裡弄來這些人？折騰了好一會兒，終於動身前往公墓了。我們穿著孝服緊緊跟在棺木旁，經過送葬人群時，我嬸婆突然拉開嗓門，放聲大哭了出來，害我嚇了一跳。

她神情哀戚，一邊哭，一邊念念有詞，像唱歌一樣，一字一語訴說她失去老伴的悲痛。這場冗長繁複的送葬儀式總算結束了，我們兩家都鬆了一口氣。相較我堂妹堂弟來說，排副阿公的離去，帶給他們的是難以言喻的不捨與懷念，雖然這個長者跟他們沒有半點血緣關係，但他卻對這幾個孫兒視如己出，甘心為他們一家奉獻了那麼長的時光。

排副叔公走了，永遠不會再出現了。

我想起未出事前的那個下午，我看著白髮蒼蒼的排副叔公正彎著腰，推著一車滿滿的高粱穗默默行走在霧氣迷茫的馬路上，他的背影有種說不上來的蒼涼，像是被哪個電影導演刻意安排的結尾鏡頭，讓人凝視不放。

我幾度揣想，排副叔公打開農藥罐，決定走向死亡的那一刻，到底是什麼心情？他翻山越嶺一路走來，被大時代的洪流推著往前走，隻身一人，無依無靠，最後走進了一個女人的家，就此安身，竭盡所能的付出，最終也在這個家結束了生命。

喪禮結束不久，我嬸婆身體一直不舒服，胃口也不太好，她不去看醫生，卻跑去鎮上問鬼神。靈媒指示說，她被不明的鬼魂觸犯到了，需要請和尚到家裡作法念經，還得吃十五天的素，才能把鬼魂驅走。我嬸婆全然相信了，不但包了一個大紅包給她，還花錢請對方雇請了兩個不知從哪裡來的和尚還是住持到家裡念經。

回到家後，我嬸婆一直跟我大叔叔嚷嚷說：「馬大國不甘心走啦，要來找阮算帳了，要來找阮算帳了。」

我大叔叔幽默回說：「俺叔敢回來找你算帳？這不是自找麻煩嗎？伊又不是走不知路！心理作用啦！藥吃一吃就好。」

我嬸婆想做什麼就做什麼，終究沒有人勸得動她。那一陣子，一幕幕如魔幻寫實般的情景不斷在我嬸婆家出現，我經常可以看到光著頭、穿著袈裟的男子，也不知是真和尚還是假和尚，拿著鈴鐺還是木魚什麼的，在我嬸婆家的客廳、房裡和巷道繞來繞去，一會兒噹噹噹，一會叩叩叩，一會又是南無阿彌陀佛，南無阿彌陀佛的誦經聲，一遍又一遍地傳出，搞得我都想出家。

法會做完約莫一個月後，我堂妹整理排副叔公遺物時，意外發現了一只藏在閣樓處的鐵盒子，打開一看，裡頭擺放著幾枚勳章、旗幟和幾封信件等，大都是排副叔公軍旅生涯中的相關收藏。後來在信件的最底下還發現一張泛黃的照片，上頭是一位留著短髮的女孩，樣貌非常清秀。

我堂妹拿照片給我看時，我說，這不是你阿嬤嗎？年輕時候的照片吧！我堂妹也有點不太確定，看了看後說，好像是我阿嬤，可是她臉上沒有長這顆痣呀，但兩個人實在太像了。

我們將相片翻面一看，背後寫著「吾愛，李敬」四個字，才恍然大悟，這根本不是我嬸婆呀，我們很有默契地認為，這個叫李敬的女孩，應該是排副叔公在大陸時的初戀情人。

「排副叔公有跟你們提過這個人嗎？」我好奇的問。

「沒有，從來沒有提過，他在大陸的事情，我們所知有限，只知道他那邊的親人都死了，好像只剩一個堂弟的小孩還在。」我堂妹說。

「他在大陸有結婚嗎？搞不好這個人就是他老婆？」

「應該不可能，我阿嬤曾經問他很多次，他都說沒有結婚。這女生長得真美，兩人年輕時，一定有過一段動人的愛情故事？想不到排副阿公這麼浪漫，把這張照片保留到現在。」

「是呀，超浪漫的。」

「還是我們拿這張照片去問問妳阿嬤，看她知不知道這件事？」

「算了，我留著就好，我阿嬤那麼愛吃醋，那麼神經質，他不可能讓她知道的。」

4

排副叔公約莫走了半年多，有一天，我堂妹突然很慎重地對我說，她想去一趟山東，問我要不要陪她去？我問她，去山東幹什麼？她說，她想去排副阿公的老家走一走，順便玩一玩。一想到有好幾年未曾去大陸旅行了，我便爽快答應了。

除了想去山東探望排副叔公的親友，我堂妹還想找尋李敬的下落，這個舉動著實讓我感到驚訝。「太瘋狂了吧？你想幫他尋找初戀情人？這可能會上央視新聞喔！標題搞不好會下臺灣孫女跨海為七十六歲祖父找尋大陸初戀情人。」

我堂妹笑了笑後說：「排副阿公實在太可憐了，我只是想為他做點事，圓一個夢想而已。」

「就算找到了，又能怎樣呢？」我有點掃興的說。

「至少讓李敬知道，她的戀人馬大國始終沒有忘記她呀！」

「太令人感動了，都可以拍一部偶像劇了。」我說。

為了實現這個美麗的願望，也為了這趟尋親旅程，我堂妹費了不少心力，也做足了不少功課。她把李敬的照片翻拍，發布到山東的尋人網站上，很多熱心的網友一看到她寫的那則感人肺腑的尋人啟事，紛紛留言回應。很快的，這則尋人啟事就像蝴蝶效應般不斷在大陸各大網絡轉發。

有那麼一段時日，我堂妹一下班回到家，就像著魔似的癡癡守候在電腦螢幕及手機前，緊盯著聊天網絡，把她所知道的那一點關於李敬及排副叔公的生命經歷，從遠逝的時光裡揀選出來，再努力拼湊編織成一張單薄的網，和遠方的陌生網友一來一往的相互比對。

在那些個尋找李敬的時刻裡，因所知有限，只要出現一兩條疑似相關的人事物，我堂妹就興奮的不得了，但多半是錯誤的資訊或分享類似境遇的事件居多。

一個月後，終於傳來好消息，有位來自山東的網友說，她已經找到李敬的孫女了，對方已給她我堂妹的聯絡方式，會請她直接跟我們聯繫。

所幸，皇天不負苦心人，不久後，李敬的孫女王寧果真聯絡上了我堂妹，她們還加了微信。自此，兩人一來一往，聊了不少對方的事。王寧還特地傳來兩張她外祖母年輕時的照片，對比之後，更加確認她就是我們要找的人。

從王寧那邊發來的訊息得知，她的外祖母李敬和排副叔公都是濟南人，他們是從小一塊長大的青梅竹馬，後來排副叔公被國民黨抓去當兵，李敬苦等了幾年後，嫁給了另一個男人，十多年前她和丈夫相繼去世了。

王寧說，她媽媽知道得更詳細，希望我們有時間去山東走走，母女兩人都認為這是很難得的機緣。

二〇一九年九月，我和堂妹決定走小三通路線，從廈門直接搭飛機到濟南，我們預計先去探望王寧的媽媽，再拜訪排副叔公堂弟那邊的親戚。抵達濟南時，已經臨近傍晚了，兩人疲憊不堪，決定先把行李拿回飯店，休息一下，再出去用餐，然後停留一夜，養足精神再出發。

第一次來濟南，我抱著四處遊玩的旅者心態，心情極為輕鬆，倒是我堂妹比較辛苦，沿路上不停忙著跟對方回報行蹤、查地圖及聯絡一些事宜。

隔天一早我們乘坐火車，準備前往王寧指定的地點與她會合。雖然還有兩個小時的車程，但我們卻睡不著，嘰嘰喳喳聊個不停。我堂妹一邊望向車窗外流動的風景，一邊難掩激動的說：「我沿路一直想，排副阿公這一路走來的歷程，他那麼小就離開家，與他的父母親永遠無法相見，而且經歷那麼多次戰爭，結果他在戰場上沒有死掉，反而是被我阿嬤給活活氣死的，你說他是不是很可憐？生命是不是很荒謬？你能想像排副阿公當時的心情有多絕望嗎？」她抹去淚水後，又吞吞吐吐地說：「待會，我們見到王寧時，要跟她說排副叔公是自殺死的嗎？我跟她通微信時沒有提到。」

「我看還是不要說好了？就說他是思念她阿嬤孤獨至死的。」我半開玩笑說。

兩個小時後，我們終於到達目的地，走出車站，王寧和她的父母親都來接我們了，這讓我們感到備受尊重，反而有點不好意思起來。

王寧是一個約三十出頭歲的女孩，年紀比我們小了好幾歲，個性活潑，有山東人的耿直性格，她跟我堂妹似乎很聊得來，一點也不覺陌生。

車子進入另一個城區，我們一夥人在市中心下車，王寧父母非常熱情，在餐廳設宴招待我們。店內有些吵雜，我們只是禮貌性地寒暄，吃飽飯後，便轉往王寧家喝茶聊天。聊著聊著，我堂妹這才從皮包拿出李敬的照片，將它遞給王寧的媽媽。她看了看背面寫的「吾愛李敬」這幾個字後，與我們相視而笑。王寧媽媽說，她少女時期，曾聽她的母親提過馬大國這個人，但只知道兩人從小是一起長大的朋友，並未提及彼此之間的關係。

「說不定姥姥不好意思告訴你，以防你去跟姥爺說。」王寧笑出聲來。

「這也有可能，不過，我記得你姥姥有說過，那時她一直在等馬大國回來，他們說好隔天中午一起去看戲，但遲遲未見馬大國赴約，後來才聽人家說他當兵去了，沒想到他去了臺灣，那麼遠的一個地方。」

坦白說，我們內心有點小失望，雖然沒有聽到兩人纏綿悱惻的愛情故事，但還是聊了不少關於他們那個年代的青春往事。王寧的父母執意留我們在家裡過夜，但我們還是決定住飯店比較自在。

王寧一家相當熱情，都是樸實善良又好客的人，與他們道別後，我們在附近的景區玩了兩天，便轉搭巴士前往排副叔公堂弟的家。

巴士停在一個小站後，排副叔公堂哥的孫子馬斯維開車來接我們。他們的老家位在山區，整條道路全是泥濘，聽說下雨時狀況更糟，車子只好停在廣場前，步行一段路後，來到排副叔公兒時的家，只見殘破的門牆上掛上了成串成串的玉米，金黃黃的一片，遠遠看，就像一襲風格特殊的落地窗簾。我突然想起排副叔公在田裡收玉米的情景。

馬斯維的家就在隔壁不遠處，是一棟現代透天厝。我堂妹問他記不記得多年前，排副叔公來過這裡？他說記得呀，那時他跟馬伯伯拍了好多好多照片，他說馬伯伯話不多，是個老好人，買了很多東西送給他們。

這時，一個又高又瘦嘴裡叼著菸的男子進了馬斯維的家，他緩緩朝我們走近，牽起我堂妹的手，誠懇又遺憾的說道，我是馬家村的村長，即刻將眼神望向馬斯維，說，你怎麼不告訴我你有兩個臺灣的親戚今天要來咱們村呢，要不我就叫村民站在路口列隊歡迎。馬斯維呵呵呵地笑開來。村長，村長，你客氣了，我堂妹侷促不安地說。

聊了好一會兒，村長一直說要帶我們去見村裡一位年紀最大的老人，說他比馬大國大六歲，有可能知道馬大國跟李敬的一些往事。我堂妹喜出望外，立馬跟了出去，馬斯維一家幾口也跟在我們後面。

我堂妹向眼前的老人說了一點關於排副叔公微不足道的兒時片段，但老人的記憶力已衰退，根本記不得那麼遙遠的事。朝他揮了揮手，熱心的村長又領我們進了另一間屋子，找一位記憶力較好的老人。他跟我們說了許多一九四九年村子青年被抓兵的經過及戰爭帶來的那些不忍聽聞的悲歡離合。無奈老人只會說方言，我們聽不懂，全得靠馬斯維翻譯。

聊了好久，對方也記不得馬大國是誰，但看得出他是良善之人，為了撫慰我們大老遠來這一趟，他還告訴我們，小時見過馬大國，說印象中，馬大國兒時特調皮，常常逗弄隔壁村的女孩。虛構的言語中露出一些破綻，但我們沒有拆穿他，一直靜靜聆聽，假裝接收到一個可貴又難得的消息。

最後他對著我跟我堂妹說，小女娃兒，妳們來這一趟，給我們村子裡的年輕人做了一個好榜樣，你爺爺走了，還惦念著他的遺願，那些父母還活著的人看了就更應該好好孝順。我們一時語塞，不知該回什麼才好。

步出門外，在馬斯維的引領下，我們在村子裡的林間小路走走停停，有人拍照有人記錄。然後我聽見有人說，該去赴約吃午飯了，別讓人等太久。

我跟我堂妹感受到馬家村的熱情，感受到他們每一個人對我們的關注，這真是一個溫暖的地方。

離開時，馬斯維說，馬伯伯十年前從金門回來，曾答應我們會帶一家大小回馬家村走一走，沒想到這都多少年過去了……唉！我堂妹一聽，眼淚不停湧出，然後我聽見有鄰居問？馬伯伯怎麼沒跟你們一起回來呢？

我堂妹輕聲地說，他已經過世了……。

於是，我想到，秋天，對我們村裡的人而言是洋溢希望的。一走出村外，你就會看見無邊無際的高粱掛著紅潤飽滿的穗子，風一吹來，像招手似地熱情吆喝著人們前來收割。每一個上山的人臉上都露出陽光般的神采，彼此打起招呼來也顯得生氣勃勃。但對我那個可憐的排副叔公來說，那個秋天無疑是他最悲哀的季節。

於是，我想到，未出事前的那個下午，我看著白髮蒼蒼的排副叔公正彎著腰，推著一車滿滿的高粱穗默默行走在霧氣迷茫的馬路上，他的背影有種說不上來的蒼涼，像是被哪個電影導演刻意安排的結尾鏡頭，讓人凝視不放。

於是我想到，我和我堂妹千里迢迢從金門來到山東，只為了替馬家村的人捎回一個死訊……。

賞析

石曉楓／文

張姿慧的創作量少質精，本文以流暢的文筆及靈活的對話，寫「一個沒有血緣的親人」排副叔公自一九四九年隨軍撤退到臺灣，又輾轉移調金門後，在家族中任勞任怨付出的故事。其中牽涉到金門鄉里的人情俗常，也帶出大時代流離背景，以及開放探親後兩岸親情取捨的矛盾與艱難。小說體現了作者對世情之觀照，也反映出時代變化的痕跡。本文曾獲二〇二〇年第十七屆浯島文學獎小說組首獎。

開篇以清新可喜的文筆，勾勒出金門秋季高粱豐穗的景象，然而此自然風色中，卻暗藏著人世悲劇；相似的場景於篇末再度出現，物是人非之感，格外令人悵然。在這個複雜的家族故事裡，有到馬來西亞娶妻生子，此後音訊全無，再也沒踏入家門的阿公；有沉迷鴉片、乾瘦懦弱的叔公；也有隨軍撤退到臺灣，兩岸開放探親後想回大陸走走的排副叔公。這些敘事背景反映出金門村落裡軍民混同的居住實象、外省老兵與本地人互動的場景，以及早年金門人落番經歷之普遍性，為小村故事增添了一層大時代底色。

為了釐清排副叔公無端自殺的死因，敘事者「我」展開與母親、與堂妹之間的問詢，小說中我與母親的對話語調相當生動，自然呈顯出一名受氣多年的母親、一個充滿正義感的女兒形象。其他如孀婆一連串「馬大國啊，你快去死，你好心一點，有本事不要一直賴在這裡，你快去死一死，越早死越好，你快滾回大陸去……」的辱罵，排副叔公被逼急了的山東腔穢語，也呈顯出孀婆的霸道無情，排副叔公的寡言任事。以對話充分彰顯人物性格，無疑是作者強項。

小說描繪出另一種金門老兵的形象。馬大國從威風凜凜的副排長變成莊稼人，跟著村人學耕地種田、學下海採蚵，勞力付出之外，他的終身俸也都給予孀婆一家子任性花用；而孀婆偷偷逼著排副叔公達成結婚協議，冀圖在其死後猶能領取半俸的盤算，無疑更彰顯出貪婪。對照之下，秉性善良、一無所有，孤身在離島最後卻被氣到自殺的排副叔公，格外令人同情。

所幸作為晚輩的堂妹與我，還有對排副叔公的感念與深情，為了遺物中一張「吾愛，李敬」的照片，堂妹在網路上多方探詢，約堂姊一起往山東尋找排副叔公的初戀。對當事人而言多麼刻骨銘心的愛情，為戰事所阻，一海相隔永難相見，是大時代普遍的悲劇。但女孩們浪漫的尋親之旅，得到的卻是無人再有記憶的答案。馬家村經歷，殘酷映射出大時代中人的微渺，一生懷抱的心事，無人知曉無人記掛，多少滄桑、等待、懷想與甜蜜，最後終歸於塵土。

本文在敘事觀點上謹守旁觀者本分，多半運用對話推動情節始末，敘事者「我」情緒的表露如排副叔公死後，「夜裡，帆布被風吹得嘎嘎作響，像為死者敲響悲傷的鐘，我在房間聽來格外難受」；排副叔公生前「背影有種說不上來的蒼涼，像是被哪個電影導演刻意安排的結尾鏡頭，讓人凝視不放」等心情刻畫，筆墨不多，顯示出小說家的節制。而通篇採取較為輕鬆幽默的敘事語調，也十分聰明，相對沖淡了悲劇裡容易產生的煽情、控訴等情緒危機。

金門文學讀本

報導文學卷

報導文學卷—總論

大時空與小現場的時代悲歌

吳鈞堯

《金門文學讀本》報導文學部分，收錄楊樹清、李福井等兩家。

報導文學在臺灣的興盛，始於一九三五年以後，由楊逵吹響號角，並提出極為重視讀者、以事的報導為基礎、筆者對報導的事實，必須以主觀見解向人傳達等幾個定義。更影響時人的，則是七〇年代《中國時報》高信疆鑑於當年社會環境資訊斷層，在角落暗處，不是每一個人都有能力發聲，故而於第一屆時報文學獎設置「報導文學」，試圖尋求一種「有社會性、前瞻性和文學性新聞學形式」，期許新聞與史觀、結合事實與思考的新形式，注入文學新血。

這除了提供臺灣作家試刀機會，也造就了縣籍作家楊樹清的報導文學灘頭堡，並成為他的標竿性文類，多次獲得時報文學獎、聯合報文學獎的報導文學獎，對於金門政經環境、庶民歷史演進，都有深刻著墨。

楊樹清報導文學佳作不少，尤以《金門島嶼邊緣》最具代表性，〈誰殺了李金珍〉以一九五三年八月十六日，臺籍勞役兵與指導員發生衝突後，持槍逃至吳厝李宅，挾持少女李金珍，後受百餘官兵圍捕，槍殺李女與其奶奶後自戕。李金珍的弟弟，即為名聞海內外藝術大師李錫奇。〈消逝的漁民國特〉記一九五一年五月十九日，五名漁民被共軍俘虜背景，並以曾牽牛為主述，呈現當時軍情時空，五個破碎家庭，歷程讓人心痛，本書收錄〈被遺忘的兩岸邊緣人〉，為一個被遺忘的時空，還原永遠的傷痛。說故事也好，說傷痛也罷，都是時代劃下了傷口，而由楊樹清仔細審視與療癒。

李福井有豐富編報經驗，作為資深報人，對故鄉感情亦深，他報導為主，並著有長篇小說《蔣介石密碼》，引起評審團高度肯定。蔡素芬：「作者對歷史的嫻熟，讓有影響力的人物一一上場，情節安排自然，人物的關鍵影響吻合事實，對歷史有詳解」；張國立：「將金門近千年的歷史，透過太武巖寺正神通遠仙翁，連結鄭成功與蔣介石」；黃克全：「這部小說是四部晉入決審作品中，技巧表現最高的，其小說的基本架構是：魔幻、超現實和後設」。

李福井報導文學甚多，《古寧頭歲月》、《古寧頭戰記》以及二〇一八年出版的《八二三砲戰》，都立基土地，釐清金門身世，叩問歷史。甚至，他的書寫也跨出報導文學範疇，而走向大歷史、大格局的敘事，金門文學讀本選錄李福井《現代赤壁古寧頭》的兩個單元，看李福井以報導性的、偵探式的筆觸，透視戰爭煙幕下的真相。

楊樹清、李福井報導文學，充滿悲天憫人情懷，時而個人事件出發，時而以時代巨風揚帆，歷史作為追溯的源頭，同時也是何去何從的大哉問，他們也誠然呼應臺灣報導文學精神，更有甚之的是繼續在報導崗位上，尋找新的原鄉素材。

李福井

ABOUT

一九五〇年出生於金門古寧頭，資深媒體人。歷任《正氣中華報》、《金門日報》、中國時報系、大成報系編輯及主編，麗台運動報主任編輯。《中時晚報》撰述委員退休。二〇〇六年返鄉，從事兩岸三地口述歷史採寫。金門書院道藝學會創會理事長；三任金門大學駐校作家。著有《八二三史記》系列一至四冊、《古寧頭 李花開》、《蔣介石密碼》、《1949古寧頭戰紀》、《現代赤壁古寧頭》及《烽火甘泉——金門高粱酒傳奇》等二十餘種。獲國家出版獎、國史館文獻佳作獎、兩岸漂母杯散文獎、圖書金鼎獎及浯島文學獎長篇小說優等獎及第五屆金門文化獎等。

解放軍攻金，重蹈三國赤壁之戰的覆轍

古寧頭大戰，是現代化的戰爭，卻用傳統式的載具，解放軍大舉拉夫及徵用漁民的木帆船進攻金門，這就埋伏著一種失敗的凶險，犯了方孝孺〈深慮論〉所說的錯誤了。

遼瀋等三大戰役何其艱難，解放軍摧枯拉朽完勝，因為解放軍圖其所難；等到閩海最後一仗，金門蕞爾小島，駐守的國民黨軍隊都是一些殘兵敗將，又缺乏永久工事，解放軍認為統一大業已完成九成了，只要順風而呼，就會旗開得勝。這就犯了忽其所易的錯誤，忽其所易，就自然會遺其所不疑了。

這是出於智力所不及的，就是解放軍廟算失策，也就是方孝孺認為的天道所致。這是上天的垂訓，讓共產黨在古寧頭戰役遭受頓挫，統一大業戛然而止，開啟兩岸七十年來政治發展的競合關係，提供中國人一個反思之道。

我們來看為何是天道呢？解放軍到底怎麼輕其所易：

解放軍攻打金門的載具，比三國時代的曹操還不如，曹操用的是大型戰艦，舳艫千里，旌旗蔽空，順流而下；而解放軍大兵南來，以臨時擄獲的漁船與船工，大小兩三百艘的小舢舨風高浪險，趁夜摸黑橫渡。

解放軍沒有考慮到海情、潮汐、戰情與人性，也沒想到戰爭一旦爆發，整個預想都會失序，何況沒有預想呢？二十八軍軍政治部主任李曼村透露了端倪：

從上到下，包括我在內，都有輕敵麻痺思想，那時是「不怕敵人鬧，只怕敵人跑」，敵人抵抗，我們不怕，就怕敵人溜走，就怕敵人跑掉了。因此，攻金前，在部隊有一句很流行的口號叫：「登陸就是勝利」，大家只想到成功、順利、勝利，卻不想困難、挫折、失利，只有一個打算，沒有兩個打算；只有一手準備，沒有兩手準備。

這無疑活脫脫的印證了方孝孺的〈深慮論〉，就是忽其所易，……而遺其所不疑。一旦臨事倉皇，錯誤與失誤就完全暴露無遺了，而且被對手抓得牢牢的，擊中了要害。

曹操連兵百萬下江南，江東的孫權君臣上下震懾，主戰與主降論辯多日；解放軍百萬雄師過大江，東南半壁群情洶洶，不是這裡投降，就是那裡繳械，國府情勢危如累卵。曹、毛兩者氣勢上相差無幾，都認為天下不足平了。

然而曹操在長江赤壁飲恨，解放軍在北山紅土斷崖鎩羽而歸，都是敗在一個水字，輸在一個船字，都敗於人謀所不及。

曹操的軍隊都是北方人，水土不服，疾疫橫行，又不習於水戰，所以一碰到長江天塹就沒轍，他的鐵騎無所施其能，只能眼巴巴的望水興嘆，因此中了龐士元的連環計；解放軍攻打金門的軍隊，同樣是齊魯的北方人士，也是水土不服，疾疫叢生死亡載途，而且大多是旱鴨子，不曉海情，不懂潮汐，也不懂駕船技術，一樣是不習於水戰。試看解放軍怎麼招訓：

划船隊中在鄭成功故里石井村搞訓練，因為我們部隊大部分人是北方旱鴨子，不會游泳，也不會划船，到地方招收船工，人員湊不夠，於是我們就（在陸地）組織了這個划船隊自訓水手。……二十天總算把我們八十個自訓水手訓出來了。

解放軍這些北方海盲，怎能在風濤不定的天候下作戰呢？因此，採用一種陸上操舟急就章式的訓練；然而一碰到金廈水域，海情隨著風向瞬息萬變，這些解放軍門外漢一上船，同樣無所施其技，因此種下了失利的原因。廈門何厝村老船工黃勇山說：

我是班長，……協助部隊首長組織水手的教學。比如教戰士怎麼拉帆，怎麼掌握方向，怎麼根據風力和風向，調整帆繩的長短，教戰士怎麼搖櫓打槳，……。我教他們說：在槳櫓旁放一盆水，搖櫓打槳時，像磨豆腐點水一樣，時不時地往櫓椿上澆點水，這樣在槳櫓轉磨的地方就滋潤一些，那吱嘎吱嘎的響聲也就小了。

我還教大家如何掌舵，舵和帆怎樣配合使用。並教同志幾個簡單的游泳動作，一旦掉入海裡怎麼自救，教大家怎麼克服暈船嘔吐等等。……有的班組一時沒有船，就在地上畫船，或坐旱船練習駛船，這叫海裡課目陸上練。

為了體會在風浪中坐船顛簸的滋味，有的班組在兩棵樹幹中間拉上粗尼龍繩織的漁網，然後一個個戰士輪流坐到網袋裡，像小孩盪秋千似的，被教練員推過來盪過去，好似帆船在風浪中一起一伏，一上一下。

開頭幾下，有的戰士還覺得挺好玩的，可是盪著盪著，就覺得頭發暈，眼發花，心發嘔，拚命喊叫：「不行啦，不行啦，快停下，快停下！」可是我們這些教練員呢，好像壓根兒沒有聽見似的，照樣使勁地把那網袋推過去盪過來，直到他們臉色煞白，哇哇嘔吐為止。

黃勇山說九人志願支前，幫忙訓練解放軍划船，共軍每月補貼船老大九斤米，副老大七斤米，水手五斤米。

儘管解放軍號稱熊師虎師與豹師，那是拜陸地人海戰術之賜，一旦渡海作戰之際，以如此的訓練方式從事兩棲作戰，風險完全無法控管，跟三國赤壁之戰的曹軍有什麼兩樣呢？

解放軍只見到自己陸戰的優勢，因此一鼓作氣、信心滿滿，不知自己跨海登陸作戰的弱點，埋下致命失利的因子，幾十年來無法跨越雷池一步。

曹操赤壁之戰，中了周郎的反間計，殺了荊州降將蔡瑁與張允，去除了周郎水戰的心腹大患；解放軍只有一些旱鴨子，葉飛與蕭鋒沒有諸葛孔明的慧，周公瑾的能，只想乘著勝利的餘威一舉拿下金門，但是智與能均有所不及，慮有所遺佚，以致寫下人生功業的反差。

解放軍沒有水師，這是它取敗的弱點。金廈海峽橫亙，它就靠著臨時徵調來的幾百個船工，擔起統一大業的重責大任；這些船工是烏合之眾，缺乏解放軍的中心思想，一旦戰爭爆發，大家逃命要緊，紛紛作鳥獸散，解放軍的雄圖大業就被無情的海浪吞噬了。

解放軍百舸爭流，何以浪遏飛舟？

解放軍昧於海情

解放軍善於陸戰與夜戰，但是不善於海戰，因此以打陸戰的思維來考量渡海作戰。海戰的關鍵是風向、水流與潮汐變化，偏偏那天吹著強勁的東北季風，使登陸船隊偏離既有的航道，埋下了失利的主因。

其次那天是農曆九月初三，九月的潮汐是金門一年之中的最高潮，解放軍百舸爭流，乘著最高潮往上衝，船隻一觸岸適逢退潮，沒來得及馬上返航就擱淺。事先雖然紙上談兵，想到潮汐的變化，但是解放軍不諳海情應變不及，所有的計畫都泡湯，戰史因此得改寫。

攻金前夕，曾在蓮河海域進行進攻航渡演練，測試渡海時機是滿潮或退潮，發現各有利弊：若乘退潮發起渡海登陸，渡船只能抵靠在海灘下部，部隊搶灘登陸時，涉灘距離遠、時間長、傷亡大，但其有利的一面是，渡船不易擱淺，便於組織返航，以便運載第二梯隊增援；若乘漲潮時發起渡海作戰，渡船駛達對岸時，可直接抵岸或抵近靠岸，部隊指戰員無須涉灘或涉灘距離短，傷亡少，可儘速搶灘登陸，佔領灘頭陣地，但其弊端是退潮時，落潮速度很快，渡船若不及時組織回航，就會擱淺不能返航。

再說那年的天氣很怪異，才九月初而已，然而天氣卻冷得早，父親說居民都穿起毛衣了，這就是晦明的天道；解放軍跳水登陸，整個身體與槍枝都打濕了，寒風一吹直打哆嗦，戰力自然受到重大影響。

這些都是解放軍不利的因素，然而葉飛與蕭鋒都沒有想到，只想到有多少船隻就可以載多少兵登陸，就可以得勝。

解放軍昧於船情

解放軍只計算多少船隻運兵登陸再回航，接著運第二梯隊的增援部隊登陸，五天之內就可以解放金門，但是就沒有想到萬一船隻回不來怎麼辦？葉飛攻金前告訴蕭鋒：

你不要變了，只要能上去兩個營，把船掌握好，組織船隻北返，及時回航送上第二梯隊，天明前過去六個團就不怕了。不要停打，……。

解放軍的構想是大部分的船隻都能順利返航，沒想到萬一回不來怎麼辦？這就患了根本上的錯誤，也就是李曼村說的：「只有一手準備，沒有兩手準備。」葉飛的一廂情願，無疑的要負最大的責任。

上級指揮機關在決策時就應該事先充分考慮到大部船隻甚或全部船隻不能回渡這個極為重要的關節。而不能只憑主觀臆想，就認定「至少可以返回能運載兩個團的船隻」，是多麼的輕率、麻痺！所以，這個並不是「細節」的細節失誤，其根子還是因為決策失誤所致。

船隻返航是金門登陸戰重中之重，照理說事先應臨事以敬，戒慎恐懼，然而解放軍上下一體輕忽，尤其主帥葉飛憑主觀意識，只想到順情的事，沒想到逆情的事。葉飛出身於菲律賓，不知潮汐陰陽的變化，以致援兵不至，使解放軍陷於困獸之鬥，成為甕中之鱉。

解放軍昧於戰情

九千名解放軍渡海攻打金門，這是何等重大的事，但卻派一些少不更事的旱鴨子押船。實際上當時各團隊也都事先布置了每條船上有一二名戰士協助船工在部隊搶灘登陸的同時，迅速實施船隻回渡。但在敵人密集火力下卻根本不可能……，有一說只派了三個參謀員負責指揮整個船隊返航，臨行前蕭鋒特別握著他們的手說：「你們別無其他任務，你們的任務就是組織和督促船隊抵灘登陸後迅速返航，切記！切記！」當驚覺潮退之際，金門北海岸灘頭十幾公里，三個參謀人員喊破喉嚨也沒有用，這真是太離譜的情事。

試想船隻乘著高潮觸岸，解放軍群起登陸攻堅，岸上守軍火砲齊發，整個海灘交織在水火之中，押船的參謀、軍士與艄公，面對著浪濤聲與砲火聲首先的反應，人都有求生的本能，就是先行避難，怎麼有餘裕可以指揮船隊返航呢？何況解放軍大多數是北方人，但卻一逕瞎指揮：

部隊的同志駕船都是外行，……見船工把船駛到離岸還有老遠一段距離，就要拋錨停駛時，還以為船工怕死，不敢往近裡靠岸呢，就都跑到船頭替船工擋子彈，給船工壯膽，並一個勁兒地催促船工把船向堤岸靠近、再靠近！有的船前頭船身已經觸到了只有腿肚子深的淺灘了，還嫌船靠岸不緊，戰士們跳下船，不顧船工的勸阻，一個勁兒用肩膀把船往前頂，一直頂到船的前身觸到了乾灘，他們才下船，沿著乾灘衝鋒登陸，結果，潮水一退，船都一下擱了淺。

等到戰火稍歇了，發現苗頭不對，海水已退潮退得很遠了，船隻都成為陸舟了，這時要用人推用肩扛，以押船幾個參謀、軍士與船工，真是談何容易啊！

解放軍攻金之所以完敗，就敗在火燒戰船，沒有續航力，無法增援；而其戰略失誤的根本原因就是忽其所易，就是毛澤東點評的四個字：「輕敵躁進。」

這是長江赤壁之戰的翻版，葉飛與蕭鋒沒能以古為師，就是智有所不及，自然而然遺其所不疑了；再說以抓來的船工要來打最後一里爭天下，無疑是解放軍的失著，敗於天道。

歷來各家戰史皇皇巨製，多忽視了居於關鍵地位的船工，如今要讓船工現身說法。

小小的船工，決定了大大的歷史

國共兩軍的交鋒，在這存亡絕續的歷史當口，這些討海郎頓時變成炙手可熱的人物，而其船隻也成為徵發的對象。這些小老百姓怎知道國共理念之爭呢！他們只曉得討生活，顧肚皮。因此，當面臨人生大難之時，只有逃，只有躲。逃不過，躲不掉的，只有被抓，送上戰場。

他們各自寫下人生的命運，在一個動盪的大時代中，只是一個浮漚，然而他們的作用又關係到一場戰役的勝負與成敗，影響一個國家民族的機運、榮枯、興衰與走向。這些小人物，成就了大歷史。

張金盾，大嶝陽塘人，八十七歲，在廟宇的門口負暄而坐，他很幸運，並沒有被抓去當船夫。他說大嶝抓了幾個去，有的偷跑回來，有的一去無訊息。他是一個討海人，早出晚歸，早年也曾到過金門。

問：進攻金門那天，你有開船嗎？

答：無。我躲到土洞內。

問：聽說那時從廈門到大嶝都封船，有這回事嗎？

答：哼！

問：一九四九年十月十三日，國民黨軍隊怎麼撤出大嶝？

答：不記得。沒記得很詳細，有幾個人被抓。

問：國民黨軍隊撤到這裡，村裡駐很多軍隊？

答：有啦！

問：來時軍紀好不好？

答：多少會拿老百姓的東西。

問：國民黨軍隊要撤退時，你知道嗎？

答：知道一些。

（大嶝導遊張水利這時說，國民黨要老百姓拿鑼到田埂邊，如看到有人來要敲鑼回報，三更半夜，解放軍攻進來。）

張金盾：敲鑼是沒有。

張水利改口：敲鑼是蓮河那一帶。

問：進攻金門那一晚，你知道嗎？

答：會啦！一個人躲一個地方，不敢出來。我躲在土坑內。解放金門時，我跑去大陸了。解放不久，到同安做工。（張金盾訪談時間：二〇一三年十一月二十九日；訪談地點：大嶝）

陽塘的張水道就跑了回來。他說解放軍見到人就抓，會駛船的抓，不會駛船的也抓；他不會駛船，解放軍不管三七二十一，把他抓去當船夫。他說共產黨打金門打不上去。

張水道，八十五歲，隨著解放軍登陸，在金門前後待了十五天。他說先被抓到後沙，後又抓到古崗，再編入部隊，再坐船偷跑回大嶝。根據他的說詞研判，他可能載二四四團在湖尾與嚨口之間登陸，才會被抓往後沙。以下是訪談紀要：

問：怎麼有船回來？
答：偷渡。
問：登陸時船為何往西偏，是潮汐的關係嗎？
答：進攻時，沒有打上去，後漂到古寧頭這邊來。（農曆）九月初三登陸，初五戰敗。
問：打金門時你幾歲？
答：十九歲。
問：那時在抓魚嗎？
答：種田。解放戰爭時，被抓去做船夫。
問：那天晚上幾點去進攻？
答：茫茫渺渺，不知是幾點。到了初四國民黨來燒船，那時躲在船艙裡，趕快跑，被國軍逮捕了。
問：跑去那裡？
答：金門的山頂，然後被抓到海邊。
問：你從古寧頭這邊進攻上去嗎？
答：剛開始整連整排打槍打煩，這邊打過去，那邊機關槍打過來。共軍在後沙、湖尾一帶打敗，船夫被俘往金門西南勢，收束在古崗。

問：你用泅水回來嗎？
答：偷划竹排回來，還跟小嶝兩個人，另外三個人（地名聽不清楚）。前後在金門待了十五天。
問：你怎麼有竹排？
答：自己編排的。
問：從古崗划回來？
答：不是。從古崗到後浦海邊，潮水好，回到大嶝沒幾個小時。
問：你們村裡幾個人被抓去當船夫？

這一點他沒回答。只說國民黨先封船要載軍隊。

問：聽說國民黨先抓了一批船夫運兵到金門？
答：哼！先有一批。國民黨要撤往金門，先抓船夫到金門，有的回來，有的沒有回來。
問：你是解放軍進攻金門，是第二批？
答：是進攻的。
問：解放軍要進攻金門，有沒有來封船？

答：船都給封封去了。
問：解放軍有無賠償？
答：那時沒有賠償。單位的船後來有賠。
問：為什麼共產黨打不上去？
答：不夠船載兵。
問：解放軍有沒有跳水進攻？
答：到半海，國民黨軍隊就開始打。共產黨的岸砲也開始打，砲小，打不上岸。
問：你從那裡登陸？
這一點他沒回答，只說船觸觸到岸上。（張水道訪談時間：二〇一四年十一月十三日；訪談地點：大嶝）

蔡臨，大嶝人，民國二年元旦生，一〇二歲，無意間廁身這一場歷史性的戰役。他說平日只是種田與撃蚵，在艱困的環境中度過了八年抗戰。一九四九年大嶝島一夜之間淪陷了，他趕緊躲起來。

他說那時解放軍不論年紀大小，見人就抓，他躲在家中閣樓上，厝後的鄰居先被抓了，回家來看兒子，就跟衛兵打招呼，然後通報說：「這家住有人。」衛兵來敲門，家裡躲了十幾個人，紛紛作鳥獸散，然而他被抓了。

蔡臨說：「我不是行船人，只是一個莊稼漢，你抓我有什麼用？」

解放軍說；「你多少可以幫點忙。」

當夜，蔡臨就上了一艘三桅帆船了。他說海面上船隻很多，不知從那個地方來的。他們那一艘船有四五個船夫，載了一個迫擊砲班，當開到半海之際，艄公，外地人，約五十多歲了，人稱「大城」，見不到半艘船，又開回大嶝島。

蔡臨說他根本不懂得開船，就躲到船艙裡睡大頭覺去了，不管它了。解放軍叫他起來幫忙，用閩南語恫嚇：「不起來明早就槍斃你。」他們又出航了，幾點鐘搞不清楚，不過他說沒很晚，早早的，已雞啼。

他說出發時，海上漆黑一片，看不到別的船隻，北風勁急，張著半帆前進，饒是如此，船很快就到金門了，解放軍隨即搶灘登陸，他說整個海灘頓時亂糟糟的，艄公一下子跑不見了。他們三個同命的人就躲在船艙底。

躲了不知多久，聽到國軍在岸上喊話：「船裡如有人要趕快出來，準備燒船了。」蔡臨、蔡聰與蔡添三個同村的伯叔兄弟，一聽到這個聲音，趕快爬了出來。蔡臨說抬頭一看天色不早了。這三個船夫，兩個種田人，一個行船人，怎麼會改變人生命運，從此落籍金門的呢？

蔡添之子蔡煜學，人稱阿德師的，小時常聽父親說故事，這時在旁邊有話說：「大嶝船夫知道要攻打金門，漏夜一溜煙跑到大陸去了，解放軍找不到人駛船，才臨時抓丁，把種田人都抓過來了。」這些人對海象一無所知，多不會駛船，所以糊裡糊塗把船衝上岸去，因此回航不了，無法載運第二梯隊，種下失敗的主因。

蔡臨說三個人登岸，形色倉皇，落荒而逃。蔡臨三十六歲，蔡聰二十四五歲，蔡添二十歲。蔡臨對金門熟門熟路，早年到過金門縣政府受民防訓練。他一時不知投靠誰？腦筋忽然閃過小時曾跟父親到浦邊演戲，就直接前往浦邊投靠舊識，但此時兵荒馬亂，對方不敢收容，浦邊村長就把他們送到瓊林鄉長蔡蔭堂處，請他看在大嶝北門村與瓊林一派、同氣連枝的份上，予以擔保。

蔡臨說在浦邊過了三個農曆年，縣府官員常下鄉去盤問，讓他困擾不已；每次查戶口就東閃西躲，三個人分別幫三家人種田，沒有薪水，只圖個三餐而已。後來蔡聰到劉澳倒插戶，改名何聰；煜學說父親改成何添，跟一個童養媳成親，就是他的母親。蔡臨經人牽線，到夏興跟翁寶璇女士結成連理，讓在人世風雨中的船夫，找到了人生的避風港，取得了戶籍，從此安居落戶，把他鄉變故鄉了。

蔡臨在大嶝已娶妻，生了兩個女兒，流落金門之後，又生了一男一女，每次登上夏興山頭種田，眼望著故鄉大嶝島，咫尺天涯，兩岸隔絕，妻女一定以為他已葬身在古寧頭戰場了。他的心情很複雜，兩岸鬥爭方興未艾，一個不死的船夫，寄身在金門島鄉，即使有苦能向誰訴呢？

一九八七年兩岸開放交流之後，他迫不及待的經由香港返鄉探親，闊別故里三十八年了，人事與景物全非，他連回家的路都找不到了。妻子已經改嫁了，兩個女兒一個嫁往同安，一個嫁往馬巷，都不認識他了。

父母早已離世，大哥當年同為征戰金門的船夫，在戰場中受傷，被送到臺灣醫療之後，就跟歸俘一起遣返福州，兄弟兩人意外相見，恍如隔世，不知從何說起了。（蔡臨訪談時間：二〇一四年一月二日；訪談地點：金門夏興）

三人之中，只有蔡添是行船人，幾天前才剛從金門回航，就碰上解放軍抓夫，不旋踵又到金門來了，從此有家歸不得，成了浦邊何家的兒子，終其一生都改不回姓氏，這是作夢都想不到的事。

這些小人物串成了時代的大歷史，兩岸的恩怨情仇，剪不斷理還亂，他們的人生斑斑血淚，就消融在兩岸的浪濤聲中，只有經由他們的子子孫孫，演繹大嶝過金門與金門回大嶝的傳奇歷史。

蔡臨在金門的夏興留下一脈，兒子蔡燕，一九五三年生，他說開始姓陳，中間姓翁，最後回歸姓蔡，幾經身世的轉換，無法申報戶口，只能說身不由己，但是又何奈。

他說母親翁寶璇女士，八十八歲，盤山村人，給頂后垵的人當童養媳，再嫁給夏興的陳家。翁女士說丈夫被人害死，未語淚先流，泣不成聲了。（翁寶璇女士訪談時間：二〇一四年一月二日；訪談地點：金門夏興）

蔡燕說父母的結合是浦邊姑媽牽的線。老爸那時沒有身分，每天生活在水深火熱之中，國民黨常懷疑他是潛伏的匪諜，不時的盤查偵詢，煩不勝煩；當年的政治氣氛是寧願錯殺一百，不願誤放一個。這樣的時代，這樣的身世，注定要受到人世的煎熬與苦楚，但誰令致之呢！

蔡臨二〇一三年百歲的時候，國民黨籍的總統馬英九於重陽節送給他一個壽屏：松齡鶴壽。作為不死船夫人生的註腳。

蔡燕退伍之後，帶父親回過大嶝一趟，田產已登記在伯叔的名下，他從此與大嶝無緣了，只有他身上流著父親的血液，還跟大嶝有一絲一縷的連結了。（蔡燕訪談時間：二〇一五年四月十四日；訪談地點：金門夏興）

船夫之子蔡煜學，現已改姓，認祖，歸宗，完成了父親生前未完成的心願。現在常走小三通回大嶝，跟兩位伯伯的兒子，他的堂兄弟情感交流，戰爭所產生的隔閡，就要以和平交流來彌補。他們家真個兩岸一家親了，血濃於水，誰曰不宜。（蔡煜學訪談時間：二〇一四年一月二日、十一月十二日；訪談地點：金門夏興、大陸大嶝島）

蓮河滯留金門的船夫楊文湖，已經失智了，住在松柏園安度晚年，對於當年的事情，完全不復記憶，口中只能不斷呼喊女兒的名字。（楊文湖訪談時間：二〇一五年一月十二日；訪談地點：金門松柏園）

當年船夫到底有多少人，下落如何，中共至今都搞不清楚，只能從既有的資料去拼湊：廈門何厝攻金有九名船工：黃貴存（水手）、黃建立（水手）、黃文金（水手）、黃萬意（水手）、黃永周（副老大）、黃國儀（老大）、黃君清（老大）、黃文載（老大）、黃勇山（老大）。

東南沿海被抓的船夫，這些是有跡可尋的，還有不知多少人葬身魚腹，至今死得不明不白。中共對於這段戰史，晚近坦然面對，承認犯錯與記取失敗的教訓，致力還原歷史，使古寧頭戰役在歷史中更加凸顯與重要。

據大嶝與蓮河的調查統計，有二十五名船工烈士：張召、洪認訓、蔡寅、蔡文篤、張振紅、許丕用、蔡神疆、張方邱、張文秀、謝流民、張松吹、周神疆、許文貴、謝祖博、蔡文炎、周渡、洪天庭、吳昭枝、陳水理、蔡明德、蘇漢慈、許能買、張水木、張進興、張富，還有不少船工至今下落不明，光大嶝就還有四十二名。

解放軍漏夜抓夫，許多人從人間蒸發，到那裡去覓影蹤呢？早期在金門就留有許多船夫，然而時過境遷，大部分都已謝世了，跟這一段歷史一起埋葬，只有古寧頭的風濤聲，繼續為他們奏響生命的哀樂。

解放軍這些北方的旱鴨子，既不懂游泳，也不會划船，只憑著一股血氣之勇，就要來解放金門；他們臨時抓來的船夫，有人跟他們一樣是不懂海潮，不識水性，一心一意只想臨陣脫逃。這樣的一種結合，忽視海島作戰「存之俱存，亡之俱亡」的特性，終於嘗到了苦果。

這一道水域，這一些船隻，這麼些個船夫，決定了戰爭的勝負，也決定了中國人的命運。我們無以名之，只能說敗於天道。

賞析

吳鈞堯／文

同樣以報導文學見長，李福井跟楊樹清卻有面容上的微末差異。楊樹清慣以大歷史切入事件與人物，而李福井的報導文學是以戰場中的戰場，他的生長故鄉古寧頭為出發。從早期《古寧頭歲月》開始，李福井即以原鄉作為抒發起點。

《古寧頭歲月》自序中，李福井感慨古寧頭的開發、壯盛跟凋零。他說，「也許李子落地再萌芽、發榮、滋長，說不定就是古寧頭李氏繁衍、分枝的歷史宿命，那就無須為它惆悵、悲傷了」。這段文章，就是《古寧頭歲月》的發語詞了。往昔發生戰亂，村民多逃難離村，戰後再回鄉里重整家園，但古寧頭以及金門多數鄉鎮，卻走向相反，動亂時代人丁繁盛，和平時代來臨，卻一一作了廢城。當李福井站上荒涼家園，北風颯颯，鄉情依依，他該珍惜和平時代，還是緬懷戰亂？於是他說，「或許在我內心深處，只是感傷那逝去的最後童年」。

在雙鯉湖遊客中心，有幾張照片怵目驚心，那是古寧頭光禿禿的海灘，共軍死傷慘重之地。然而，對於生長之地古寧頭，李福井在經過時間淬鍊以後，在《現代赤壁古寧頭》有了顯著的差異，他從「鄉土抒情」走向「歷史敘事」，前者是鄉愁的遊子，踱步老家園，緬懷過往；後者則蛻變為時代的遊子，家園的感嘆固然有之，所佔篇幅微乎其微，改而探討是在什麼樣的棋局中，家鄉成為馬前卒，在筆調上，從吟唱轉為時代奏鳴。

光禿禿的、作為戰場攻防線的海邊高地，經過李福井「現代赤壁」的命名，讓人懷想三國時代的赤壁之戰。無論古寧頭大捷或者赤壁之戰，都深深影響國家領域，以及其後歷史變化。《現代赤壁古寧頭》結合作者的小說敘事，書籍第二章〈解放軍攻金，重蹈三國赤壁之戰的覆轍〉與其後的第三章，全文八千多字，生動地介紹兩岸攻防，以及奠定兩岸分治的必然或者偶然因緣，歷史記敘外，也頗多人生感嘆。

「報導文學」，「報導」兩字僅僅是形式，重點是透過這個文學形式，追蹤問題、探討問題，繼而叩問，歷史果真不斷循環，還是人的智識就是一個迴廊，走了幾百年、上千年，只要腦袋沒有轉彎，人的命運還會在以後重演。

李福井《現代赤壁古寧頭》繼承《古寧頭歲月》的故鄉凝視，一則則史實紀錄是單元劇、也是連續劇，遊子身影映照家園與時代，愈走愈雄健。

（陳文發／攝）

楊樹清

ABOUT

報導文學作家、燕南書院院長、廈門朱子書院學術顧問、《金門報導》社長、《金門文藝》編輯總顧問、《金門學》總編輯。祖籍湖南省洞口縣（原武岡）高沙鎮社山村高家組，一九六二出生於金門縣燕南山古區村十號。歷任臺灣洪建全教育文化基金會出版部企畫主任暨雜誌部總編輯，宜蘭佛光大學、金門大學首席駐校作家等職；著有報導文學《金門島嶼邊緣》、《天堂之路》、《消失的戰地：金門世界文化遺產顯影》；散文《少年組曲》、《渡》、《番薯王》；小說《小記者獨白》、《愛情實驗》、《阿背》等計三十餘種；曾獲臺灣金鼎獎圖書主編獎、中國時報文學獎報導文學評審獎、聯合報文學獎報導文學首獎、梁實秋文學獎散文首獎及中國文藝協會報導文學創作文藝獎章等。

被遺忘的兩岸邊緣人

——徘徊在金廈水域的一群

一九四九年，國共戰爭臨界點。金廈風雲變，小兩岸人民都觸覺到了。因各種因素留在內地的鄉人，卻又無法精算出，或說是，從未想過金廈水域會在抗戰勝利僅四年光景下，十月十七日瞬間再一次抽離。況且，這止於國民黨和共產黨兄弟的戰爭，「應不至於回不了家吧」……。

唐朝詩人賀知章說少小離家老大回，我是少小離家老大還不能回……

——洪絲絲．滯閩廈老人

廈門和平碼頭出港。船隨著一波一波的海水往前滑動。繞經黃厝、大嶝、小嶝，逼臨古寧頭五沙水道。島嶼的形影收入視境內了。串串鞭炮聲爆開來，「還是回不去！」六十五歲的陳毅中，只能在甲板上留下如是輕嘆。再一次用力蒐尋眼眸深處的兒時鄉景。

一九九五年中秋節。由金門愛心慈善基金會所號召五百位滯居閩廈六十五歲以上的金門籍老人，登上華灣輪「海上探親船」，貼近金門東北草嶼三百公尺處，以燃放鞭炮的方式「返鄉」。

挨近國府屬地三百公尺已屬最底線。再推一尺，金門的守軍將打破「默契」鳴槍示警，軍用快艇迅即驅趕而來。

「能坐這艘船回金門該多好！」分居漳州、廈門的唐友平和唐敏澤，慨嘆一水分兩岸，隔絕四十餘載，換來的，三百公尺臨界點的不能久駐，不能凝眸，「唉，咫尺天涯，依然能望鄉！」

一九四九，返鄉的最後一班船

金門與廈門，兩塊遙不逾十二海里的中國福建邊界島嶼。古人周凱論方域，曰：「金門與廈門相唇齒，雖富庶不及，而地之險要尤甚，為商賈所停泊，渡臺販洋之所自。」明洪武二十年，朱元璋令江夏侯周德興在閩南沿海設置前、後、左、右、中五個哨所，分建廈門所城與金門所城。明中葉以後，金廈同作為鄭成功抗清復臺基地。鄭曰「兩島本吾家之地」。歷史上稱鄭氏「據金廈兩島，抗天下全師」。名不見經傳的金門和廈門，因鄭氏抗清出了名。

金廈兄弟島的關係，表現在過去均由泉州府同安縣轄。一九一二年廈門設思明縣，金門隸屬。一九一五年，金門始單獨設縣。

金門自宋淳化陳綱登科第之始，歷代出進士四十三，舉人百餘，彈丸之島無地不開花，獨享「貴島」美名；廈門自清道光五口通商，闢為閩南對外港埠，繁華似錦，而有「富島」之譽。金廈建城六百年，閩人習以「三百年興金、三百年興廈」風水輪流轉相論。

舊稱「浯江」的金門與「鷺江」的廈門，及至延伸到同安、大小嶝、漳州、泉州、圍頭、南安、惠安等內地的親密關係，一九四九年產生結構性的劇變。

國共內戰緊繃的動盪政潮下，浯嶼為中線，金廈水域分界的兩岸人民，已無可避免一場戰事席捲而來。金廈總司令部陷入高度戒嚴狀態。一九四九年十月十七日，廈門「解放」。仇恨的占領。川行於金門縣城同安渡頭至廈門第五碼頭、金門水頭至同安劉五店碼頭的輪渡完全關閉。

「來不及坐上返回金門的最後一班船！」十九歲的吳采桑，早上才被母親吩咐過海去鼓浪嶼買幾瓶保心安膏，順便帶兩公斤花生油回來。但是，下午就回不來了。

吳采桑不是個案。沒能及時搭船返鄉，或因其他因素被迫留在彼岸的金門人就多達四千餘人。屬金門縣轄，大嶝島與小嶝島上的七千四百多位縣民，也眼睜睜看著相依為命六個世紀的「母島」金門離他們而去。

廈門市的「福建省金門同胞聯誼會」一九九六年普查資料顯示，散居閩廈內地各城域原籍金門的同胞原有七千多，已逐漸凋零至現有四千三百餘人。如加上第二代、大小嶝人，祖籍金門的人口超過兩萬以上。

一九八七年兩岸開放探親以來，即使進入一九九七年四月十九日，第一艘直航兩岸的大陸船隻「盛達輪」都已從他們的客居地廈門航向高雄了。滯居閩廈的金門族依然回不去。單純的探親也不可得。在戒嚴、軍管、威權年代，陷入大陸人就是「共匪」的格局，人人自危。他們在金門的戶籍多被親友報為「失蹤」或「死亡」人口，及至註銷除籍。

心情別於少數一九四九年前留在大陸的臺灣人，境遇也不同於臺灣的外省老兵返鄉探親。角嶼到馬山，家鄉最近處不及一千六百公尺，卻是渡了半世紀還回不到家。他們不是作了古人，就是垂暮之年的老人了。依然只能被動地等待海那邊的親友故人來相認。他們的故事，必須從一九三七年開始。

一九三七，日據掀起第一波兩岸人

一九三七年七月七日，盧溝橋事起，大東亞戰爭爆發。十月二十六日，日本海軍陸戰隊德本光信聯隊兩千多兵士，在聯隊長友重丙帶領下，兵分三路，自水頭、金門城、古崗臨海處，強行登陸金門。土地含大小嶝一七八平方公里，只占福建全省面積千分之一的邊陲島金門，距七七事變才三個月，就已是省境第一個被日軍占領之地。

日軍攻占金門首日，即行大開殺戒。進入金門城，刺死躲在廁所的村民洪水俊。來到古崗村，開槍射殺拔腿駭逃的耳聾青年董騰。行經泗湖社，砍斷浯江小學校長張維熊養女的雙手雙腳。轉進縣城後浦，姦殺十九歲的陳姓少女。頃刻間，硝煙瀰漫、草木皆兵。縣長鄺漢見苗頭不對，連夜乘搭金星輪潛逃至大嶝島，後遭福建省政府處決。金門陷入無政府狀態。

金門「原住民」，多係歷經東晉、南宋中原離亂，自內陸蹈海避秦於斯，繁衍成族。期間，迭經清康熙二年，靖南王耿繼茂攻陷金門，明延平郡王鄭成功之子鄭經退保臺灣。清兵入金門，毀城焚屋。島民攜手逃往內界。金門一度化為廢墟。康熙二十二年以後，島民才又逐漸回返重建家園。

距金門首次廢城已二七四年。這一次，一九三七年十月，為了「跑日本」，五萬多人的島嶼，一夕間，跑了三萬多人。潮水般湧入就近的大嶝、同安、廈門等內地。金門縣政府亦被迫遷往大嶝辦公。困守本島者，不及五分之二人口，多為跑不動的老弱婦孺。

不甘為日軍所治，紛浮海泛舟逃居內地的島民，更多是從廈門太沽碼頭轉搭船舶取道轉往新加坡、印尼等南洋群島投靠族人。新加坡金門會館副主席陳國民追述道，七歲的他，一路跟鄉人從金門、廈門、同安馬巷，然後坐船到印尼加浪岸找到從事土產買賣生意的父親陳永福。新加坡麗的呼聲華文電台方言節目主持人王裕煌依稀記得，九歲時與祖母、母親，一個小他五歲的妹妹，從後浦同安渡頭航向廈門，轉搭「安順號」南渡星洲。

逃出金門，臺灣路遙迢，又不能也不願前往南洋者，只好順著三百年前祖先的來時路，回到祖籍地依附宗親。更多是在陌生的內地另起爐灶。

廈門島東南方沿海的小小村落黃厝及思明區的何厝，兩村分別正對小金門的黃厝與金沙鎮的何厝。共同的地名和過去聯姻的血親關係，一時間都成了鄉親的收容所。

同安蔡厝和金門蔡厝、瓊林村，同為六氏祖蔡大田所拓墾而來。同安蔡厝族人發揮了鄉誼，接濟搭船逃難而來的百餘族親。

同安東園村、後塘村也擁入了金門青嶼、賢厝村的張氏、顏氏族人。日軍未切斷金門水域前，兩地家廟都保持清明祭祖、收村丁款的習俗。戰火下的竹筏渡。失落的神壇。

南安，鄭成功故鄉，和金門也發生了連帶關係。一九三九年四月，王觀漁、許順煌、何克熙、張榮強等金門讀書人，在南安組織「金門復土救鄉團」。當時，日軍在金門設置警察本部出張所。時任南安縣立國小校長的張榮強回憶，復土救鄉團多次翻渡回金門展開襲擊行動，其中一次是一九四〇年二月五日，擒殺日軍派任的沙美區公所警察科長郎壽臣。復土救鄉團，內地金門人收復「失土」的希望所託。

永春，金門人另一抗日據點。現任福建省政府新聞顧問的許少昆回想，日據時，他年僅四歲，因父親許長坤任職於金門縣保安連第二連連長及後浦聯保主任的特殊身分，是日軍亟思逮捕的黑名單。許長坤乃帶著妻小避居永春。

從永春到德化、寧洋等地，也都設有金門難民救濟會。

溯自明洪武二十年即被納入金門縣轄的大小嶝島，距金門最近處不到三公里。地理上，大小金與大小嶝構成了完整的金門縣；歷史上，金門是大小嶝人的母島與母縣。大東亞戰爭下，大嶝是福建少數未被日軍占領之地。金門縣政府快速地搬遷來大嶝田墘村辦公。一批金門原鄉人追隨而來，與大小嶝人共同成立抗敵後援會。大嶝小學校長鄭曼如，銜命接下後援會大嶝島宣傳隊隊長一職。

日本據金八年，切斷了過去與大陸的臍帶，出現第一時期的兩岸「兩岸人」。留在島鄉之人，日本行政公署命種植鴉片，砍伐林木防禦工事，強徵民工築安岐機場。一九四五年五月，軍國主義所發動的大東亞戰爭已瀕臨失敗。駐守金門的日本海軍第九師團的殘部德本光信聯隊一千多人，在德本少佐帶領下，五月十五日起，竟又強徵金門島上五百名馬伕與騾馬。三天內分三批乘三桅杆帆船，在海澄縣南太武山麓的港尾鄉白坑村靠岸。歷十四天，經閩南沿海五縣開拔二九六公里一路流竄到廣東汕頭與日軍第九師團會合。抗日末期，強徵馬伕事件，又無端為金門在大陸製造了五百個生死未明的故事。

一九四六，國軍七十師的金門兵

一九四五年八月十四日，日本接受《波茨坦宣言》。翌日宣布無條件投降。消息從內地隔海傳到金門，島民情緒為之沸騰。紛湧向日本行政公署掀桌椅、搗毀文件、釋放監犯。金門仍在無政府狀態。地方仕紳乃公推女兒遭日軍砍傷成疾的浯江小學校長張維熊（張夢我）出面暫維持島鄉秩序。

十月四日上午九時，福建省保安縱隊第九團上校團長朱鏡波接受日本第二艦隊所屬廈門海軍部駐金門派遣中尉加藤行雄的受降儀式。日軍撤至廈門集中。光復後官派縣長葉維奏偕流亡大嶝的縣府人員及國軍部隊重返金門。

客居內地八載，流離失所的島民，兩萬人去了南洋或暫留內地討生活。再伴隨縣政府回鄉者，寥落不及萬人。

太平的歲月只作了短暫的停留。走了日本鬼，生靈塗炭的時局，卻又出現了大批來自同安的海盜，無分日夜洗劫金門。一日之內，金沙鎮公所為盜匪包圍、參議員蔡乘源遭槍殺、川行金廈的金興輪在烈嶼海面遭股匪劫持。島地出現了新的混亂局面。驚悸之心，嚇阻了內地鄉親返鄉的意願。

緊接上演的戲碼，抗日勝利的第二年。中央政府基於全民剿共，竟不放過已成稀有動物的金門男丁。

一九四六年，國共戰爭燃燒到大陸東北。國軍亟需兵源，遠離戰區數百海里外的臺灣人無可倖免。陳頤鼎少將奉命赴臺募兵成立第七十師。斯年十二月底，載滿臺灣少年兵的運兵船駛離基隆港，開赴中國東北。

同一時刻，福建省金門縣也有第一期兩百名壯丁被徵召入伍，全部被關在後浦城的許祖厝待命。潮漲時分，由縣城南門的同安渡頭，上了開往廈門鼓浪嶼的輪渡。繞轉上海，奔赴山東與臺灣兵會合。他們多被編入國軍第七十師一三九旅、一四〇旅。

金門有句俗話說：「街路人驚吃，鄉下人驚抓。」林永輝、董清南、蔡廷策、李金獅、陳榮發等七十師的金門兵，二十開外的年紀，家窮付不出三十擔花生油僱傭充當。躲不過「驚抓」，不是告別了老家的父母，就是別離了閨中妻兒。

一九四七年初。第七十師一四〇旅在東北與鄧小平所率領的二野部隊遭遇戰。一天之內就潰不成軍。

一九四七年五月二十三日，林永輝所屬七十師一支殘旅在山東的雪地裡突圍不成，官兵死亡逾半。餘眾為七十八師收編，轉戰西南的貴州、雲南，主將盧漢變節，七十師瓦解。

後來被改編入四十七軍七十九師二三五團工兵連的董火煉和董清南，同來自金門大古崗村。一九四六年入伍時，在廈門鼓浪嶼接受簡單的軍訓，即坐了七晝夜的船開拔至葫蘆島，歸入錦州北大營。一年多的會戰打下來，董清南陣亡。一九四八年，董火煉也淪入解放軍之手。「新中國」成立，又被迫打韓戰。

林永輝和董火煉這一類出征大陸參與剿共未歸的金門兵，一九四六至一九四九年的四年間，共計一千多人。一九四九年的四百八十七名兵役配額最多。不是戰亡，就是被俘，無一人能在一九四九年隨國軍自大陸撤守臺海。

一九四九年，兩岸政局產生，金門兵故事持續上演。以後的閩海突擊、湄洲島、南日島、東山島諸役，不乏就近自金門徵兵參戰，卻多下落不明。一九五一年，國民黨軍隊從東山島撤出時，臨時抓走了林成吉、林進來等五百多男丁，使銅陵一村成了「寡婦村」。這些男丁多被帶到了金門，化身「金門人」。一九五三年的突擊東山島失利，不少金門兵被俘。當時二十四歲的駱鳳松，就是在金門受命突擊東山島，結果成了「東山人」。

籍設金門城十四號的邵豬，一九五〇年僅十五之齡，和一群少年徵召入伍。被家人懷疑是參與閩海突擊身陷大陸，迄今生死未明。逾半世紀，和大多數未歸征人一般，邵豬的原始戶籍仍載「入伍」二字，有戶籍但無人。

一九四九，徘徊不去的邊緣人

一九四九。國共戰爭臨界點。

戡亂形勢逆轉，一九四八年的金門，最能察覺一股詭異之氣。國府在未撤離大陸前，即已秘密指示中央撥款預建金廈沿海內陸線之「袋形陣地」二道永久碉堡。一九四九年四月間又指示在金門島東動工興建五里埔機場。同年九月下旬，總司令湯恩伯二度派員檢驗五里埔機場均不合格，下令空工三營營指導員張偉十天完成。張偉十萬火急找上從南安回來的金沙鄉長張榮強召開各保長臨時會議作出決定，動員十一保五千餘民防隊員。不出十日竣工。

因著「袋形陣地」、「五里埔機場」等軍事構築，金門人逐漸意識到，明隆武二年鄭軍將金廈作為作戰後勤基地之後的三百年，隱隱然又將出現一次大規模戰火。

一九四九年五月十七日，金廈總司令宣布宵禁。登記民間槍械。九月三日，國民黨軍隊二十二兵團由原任福建省主席的李良榮以兵團司令來金布防。十月九日，胡璉領軍的十二兵團增防金門。

金廈風雲變。小兩岸人民都觸覺到了。因各種因素留在內地的鄉人，卻又無法精算出，或說是，從未想過金廈水域會在抗戰勝利僅四年光景下，十月十七日瞬間再一次抽離。況且，這止於國民黨和共產黨兄弟的戰爭，「應不至於回不了家吧！」到廈門市古營路探親的陳翠碧就是這種想法。

二十九歲的李任水和三十三歲的董福燕是對夫婦。分別來自金門後浦和古崗村。抗戰前即在廈門開元路頭七號開了家泉三肉粽店營生。透早，丈夫說去金門辦點貨，傍晚前趕回。事實卻是，回不來了。

二十七歲的楊惠容與丈夫黃炳炎都在後浦城長大，婚後定居廈門市土堆巷十五號。黃炳炎也是，「回家一趟」，換來與妻生死別。

土名「方豬」的方明茨，小金門後頭村人，每天就近到廈門黃厝村「走水」（幹活）。沒趕上回鄉的那一班船。二十三歲的青年，再見到母親、妻子、女兒，六十三歲以後的事了。

一九四九年農曆七月二十五日，三十二歲的古寧頭人李永昌，只為到廈門與親人過中元普渡，從此「海峽一水隔，歲月四十迴」，連名字都改李杰民了。

浯江小學校長張維熊與兒子張亦熊，原住後浦東門，日據時，兒子避居廈門鼓浪嶼三一堂旁至一九四九年未歸。父子再也無緣相會。

日據前一年，二十一歲的楊秀英別離父母，嫁到廈門。新婚才年餘，和丈夫在戰亂中失散。她搬遷至龍海市郭坑鎮東溪農場定居。局勢混沌之際，楊秀英原打算回金門娘家，又給要留下來盼夫君歸的意念絆住。

因父親王長經赴菲律賓謀生，一九四七年，三歲的王海星被叔父從金門青岐村帶到廈門，母親和弟弟均留在金門。目前在同安縣歐厝小學任教的王海星，一場襁褓時期被安排的命運，怎麼也沒料到，一九四九年一家人不及團圓：父親變作菲律賓籍，母親不變的中華民國籍，自己則成了中華人民共和國籍。

現任職大嶝鎮「統戰委員」的邱群英也是。來自金門本島的父母在小嶝島生下了他。一九四九年，才一歲多，就面臨中華民國大小金門與中華人民共和國大小嶝的三千公尺之隔。

廈門市人大常委兼金門同胞聯誼會秘書長洪菊井，金廈未斷航前兩年，僅有一段在小金門青岐家鄉的童年記憶。往後近半世紀，始終踩不回那段記憶中的土地。

十六歲的許文辛負笈永安的福建音專就讀。抗戰勝利後，僅回金門奎星閣下的老家住了三天，又匆匆赴大陸。一九四九年，在許家十四個兄弟姊妹中排行第五的許文辛和排行老四的許麗娟滯留大陸福建未歸。

十五歲的林經濟在父親雇了葉扁舟相送下，一九三六年由小金門雙口老家渡向廈門，轉搭海利輪到上海求學。之後秘密加入共產黨。延安的組織將之改名「許翰如」，新中國成立後，擔任中共中央文化部教育局長。一九八五年，林經濟自北京重返廈門時，少年已入白髮之年，一時思鄉情怯。對臺辦人員就近為他向已遭抹黑為「匪諜村」的金門雙口老家的父母兄妹廣播喊話尋親。連續三回合。肉眼可及的「那邊」卻遲遲沒有回音。

曾任教金門公學，赴印尼謀生再歸返廈門的謝家欽，常到鼓浪嶼海邊游泳，「要是能游回去該多好！」

與母親離散金廈兩地的楊忠海，千里尋親四十六載。一九九五年八月二十三日才在廈門找到九十歲的老母親。自金徙臺，在臺中縣成功國中任教的楊忠海，四公里水路，他歷經千里，走了四十多年，才又「金廈再生緣」。

一九三四年秋，不滿兩歲的謝金廈，其父謝世，廈門生母春喜將他交給謝的元配帶到金門撫養。一九四九年以後母子音訊全無。擔任過臺中縣金門同鄉會理事長的謝金廈，每想到自己的「金廈」之名，有淚。

一九四九年初，家在後浦文厝內，十歲的文安朗與家人，純粹要到閩廈遊玩。沒能趕上返鄉的船。再回來，已是六十多歲的老人，一條腿也在文革殘傷了。

是的。一九四九。年華無聲。大兩岸下的小兩岸。不確定的海峽造就多少徘徊不去的兩岸邊緣人。

一九六六，金門的黑五類名單

被迫加入解放軍。出自政治信仰選擇加入共產黨。捨不得結束在內地的生意。單純得只因趕不上返鄉的末班船。或如金門縣的大小嶝人別無退路。偶發的，或自我設定的因素，都隨著國民黨戰敗，一九四九年十月一日中華人民共和國在北京成立，四千多名金門原鄉人，七千多名大小嶝人，及他們留下來所有的子女，注定半世紀海角猶有未歸人。

兩岸兩個政權。一連串的軍事行動：古寧頭戰役、大二膽戰役、南日島、東山島突擊戰、大陳島事件、九三砲戰，及至八二三砲戰後的冷戰對峙，福建省政府被迫二度流放由金遷臺，內地與留在原鄉自喻「未淪陷的大陸人，講閩南話的外省人」的金門人，均無可避免在兩岸政治角力冷戰砲擊下首當其衝。

一九一九年五四運動期間，十二歲的陳村牧即與洪絲絲、顏西岳幾位同鄉少年在金門後浦街頭參加愛國反日運動。再集體報考廈門集美中學。不願歸去。新中國成立後加入共產黨。

廈門「解放」還不到一個月。一九四九年十一月十一日，下午二時，金門方向飛來八架國民黨飛機轟炸集美。集美中學校長黃宗翔等八名師生罹難。老校長陳村牧在「雙十一慘案」追悼會上控訴曰「本校竟遭蔣軍這樣毒辣的殘酷摧殘，我們相信，蔣幫欠下的全部血債，終有一天要償還！」陳村牧說得義憤填膺。怎又能料想到，幾年後，金門後浦城其父陳達三所經營的寶益珠寶店一帶，反過來遭到共產黨軍隊自廈門胡里山砲台的砲轟。

一九五八年八二三砲戰。中共集結了三十六個砲兵營，綿延三十公里的四五九門巨砲在四十四天之內對金門射出五六一五九八發巨量。國府守軍不甘示弱，八吋榴砲還擊。廈門與何厝火車站夷為平地。

土地面積二十二平方公里的大嶝及零點六平方公里的小嶝，幾被灼熱的砲火犁平。一九五九年元月七日，大嶝島解放軍對金門狂射三萬三千發砲彈。兩個月後，金門砲兵還擊回去，洋塘、桑滬、田墘等村傷亡慘重，其中一個村莊就有三十一人被擊斃。兩岸互報戰果輝煌。死的卻都是金門縣人。

八二三砲戰時，國軍七十師被解放軍收編後已解甲下放的金門兵林永輝、李金獅和陳榮發，三人每天都偷偷各自在同安洪厝村、廈門鼓浪嶼的高點處回望金門洋山、雙乳山、碧山下的老家，懸念著父母大人、妻兒是否躲過砲劫？

那年僅九歲的邱群英，至今仍清晰記得，八二三砲戰，身處在小嶝島下的父親，常拉著他往金門後浦老家的方向看呀看的。

父子、母女分隔兩岸不能相逢已是人間至苦。再因兩岸烽火增添了生死兩茫茫的無助的畫面也常出現。住廈門市湖濱北路的潘坤祥，每天都掛念著金門的兒子潘清標。居廈門市中山路的許雪緣，晨昏各燃一炷香，祈求菩薩保佑金門的十六歲女兒張惠仁。

砲火呼嘯來去。打出兩岸金門人對土地與未來更深一層的不確定感。

一九五八年十月，中共中央軍委確定對金馬採取「打而不登、封而不死」。十月二十六日中共發出「單日射擊、雙日停火」等有意緩和兩岸情勢的宣示。內地的金門人，猶等待著回鄉夢的實現。殊不知一場砲火下來，金門全面軍管，留在島鄉之人又一次大量流失。單是一九五八年十月十一日，被疏遷至臺灣的金門人就多達六一五四人。

兩岸密集砲擊告一段落。繼一九五七年「反右」運動後，一九六六年六月十六日，中共發動「文化大革命」。凡「金門縣籍」的大陸人，無可避免全都是「黑五類」。下場之悽慘，幾粉碎了埋在心頭的歸根大夢。

金門縣城後浦北門人，早年當過金沙鎮長的林廷爵，一九四九年九月任職於福建省政府泉州地區經濟檢查組長，遲未收到撤退令，不敢擅離職守，被迫留了下來。落戶惠安縣東園鄉溪頭村。文革時，他的國民黨員與金門人雙重身分，雖已易名林定足，仍被歸為黑五類、死不悔改分子，中共專案組將之發配閩北浦城縣勞動改造十年。

金門兵董火煉，一九四八年剿共失利被解放軍收編，又打了場韓戰。文革，被指為國特，打入反革命分子。關入牛棚時，因受紅衛兵五花大綁及毒打，便溺失禁迄未癒。

另一位國軍七十師金門兵林永輝，過去剿共的身分已構成國特，文革之初又被查出金門的兒子林必生在臺灣士林蔣介石官邸擔任衛士隊衛士。這些要件，不識幾個大字的林永輝成了另類黑五類，任憑紅衛兵逼著戴高帽遊街。

受過教育的金門籍菁英，也多成了文革的受害者。生於後浦城，一九三六年到東京日本大學研究社會學，後轉往印尼、新加坡新聞界工作的洪絲絲（洪永安），一九五〇年應陳嘉庚邀請創辦的《南僑日報》遭英殖民政府查封，他遭監禁、驅逐出境。無路可走下，帶著妻子陳雙妍、女兒洪如詩於一九五一年到北京。也擔任中共中央華僑事務委員兼文教司副司長。因一九二五到一九二七年，洪絲絲擔任國民黨金門縣黨部青年部長的身分遭掀底，成了文革被徹底整肅批鬥的對象。洪絲絲慨嘆大半輩子做了二十四年「金門人」、十九年「南洋人」、三十七年「大陸人」，最後是，少小離家老大還不能回鄉的「兩岸人」。

廈門集美中學校長陳村牧，中國科學院上海分院院長王應睞，廈門市人民政府副市長顏西岳，福建農學院教授蔡俊邁，福建師範大學外語系教授王家驊，以及一九四六年出任臺灣行政公署教育處國語推行員的許文辛等，受「祖國」感召而駐足下來的金門知識分子，為了「聽毛主席話」、「跟共產黨走」，在「掃四舊」下，個個被勞改、下鄉。他們中有人開始懷疑留在「新中國」究竟是幸，抑或不幸？被逼著用火炭在牆上寫自白書的陳村牧，幾度怨嘆不如歸去。但已不知鄉關何處？

遭遇最離奇、坎坷的，莫過於一九五〇至一九七〇年代，國府與美國西方公司（ＣＩＡ

在臺組織）合作代號為「海威計畫」的對大陸沿海島嶼進行情報偵察及突擊任務，金門有近千位百姓、漁民被吸收。歸入國防部情報局閩南工作處的洪清德與韓學生、金防部特報隊的林進生與歐陽質、海軍巡防組的余國，以及國防部第二廳金門情報組化名吳居奇的洪水保等人，均因在大陸事發被捕，正值中共「三反」、「五反」沸沸揚揚，這些難脫罪嫌的金門國特受盡折磨。洪水保吃了十五年牢飯。小金門中墩人林進生選擇了舉槍自盡！三進閩廈一度被捕，終又成功逃出鐵幕的洪清德反被國民黨以洩漏軍機罪判處七年徒刑。因漁船迷航漂至大陸的古崗漁民董群述，共產黨咬定他是「國特」將之逮捕入獄兩年，回來時國民黨視他為「匪諜」又將之關了三年，使他莫名其妙成為徘徊兩岸的「人球」。

在那個黑色的年代，成為「大陸人」已夠背，再形之「國民黨人」與「金門人」雙黑身分，下場更是慘。一九四〇年生於金門後浦南門，住在廈門市湖濱南路一里的「許金門」，連忙改名為「許金山」。隱姓埋名者，老兵「林永輝」一度化身「楊炳輝」。金門後湖村嫁來廈門市圖強路的「許白糖」變作「程月琴」。

一九七八，結束冷戰砲擊的年代

一九七六年，毛澤東死亡，四人幫下台，文革結束，中共重提「四個現代化」。

一九七八年，美國政府宣布與中共建交，中共召開十一屆三中全會決定「對外開放，對內搞活」。

恩怨情仇的金廈水域，一九七八年起了新的變化。十二月一日，中共利用這道水域將十八名獲特赦之國特、老兵送回金門。隨後發表〈告臺灣同胞書〉，一九七九年元月一日起正式停止砲擊金門，結束長達二十年之久的「單打雙不打」冷戰砲擊歲月。並依此作為「三通、四流」向國府示好的初步。緊接而來又成立各級「臺灣工作辦公室」。

中共突如其來的動作，一九七九年四月四日，國府蔣經國總統雖然回應「不妥協、不接觸、不談判」的立場。然而，時代在變、潮流在變，環境也在變，一九八一年三月二十九日國民黨十二全大會通過「貫徹以三民主義統一中國案」已然替代了喊了二十年的「反攻復國」。

彈雨劃過了二十年長空之後，中共停止砲擊金門。一九八〇年元月十六日鄧小平發表對內外統戰總方針的八〇年代三大任務「反霸、統一、四化」。一九八一年九月三十日葉劍英發表「九點和議」，要求國共「對等談判」，臺灣作為「特別行政區」主張。此際，曾被毛澤東指出「留住它來拉住臺灣」兩岸之間的金門島，以及身處福建內陸原籍金門的同胞，轉而形成「小兩岸推大兩岸」政治角色扮演。

一九八〇年以後，一批在金門出生，飽受文革迫害的菁英，翻身成了市級、省級、全國性的人大代表、政協委員。全國人大代表：洪絲絲（兼常委）、王應睞。全國政協委員：顏西岳、蔡俊邁、許乃波、許東亮。福建省人大代表：王家驊、林應望、許扶福、曾慶緒、陳毅中、王淑清。福建省政協委員：陳村牧（兼常委）、陳國華、洪如詩。市級人大代表：廈門市洪菊井（兼常委）、泉州市李添吉、蔡祺榮。市級政協委員：廈門市許文辛（兼專職常委）、謝家欽（兼常委）、蔡維暹、楊誠塔、福州市洪汝寧、漳州市許三民、廣州市鄭曼如。

這份令國府當局咋舌的共產黨「金門名單」，著實隱含了難以析解的鄉情與政治濃度。從地方到中央，涵蓋整個福建沿岸。

一九八五年十二月十八日，中共對臺統戰部指示在福州召開福建省金門同胞第一次代表大會，臺籍的省委統戰部部長張克輝列席指導，通過成立「福建省金門同胞聯誼會」。會址設在與金門毗鄰的廈門。現任會長林幼芳是金門人，她的夫婿就是曾任福建省長、北京市長的賈慶林。廈門市、福州市、泉州市、漳州市、永春縣、同安縣等地的金門同胞聯誼會相繼成立，對臺辦隨後又在廈門設官方性質的「金門事務處」。各同鄉團體工作重點有戶口普查、兩岸尋親服務，協助金臺港「三胞」前來探親投資、提供中央金門情況參考消息，並定期舉辦大陸金門籍青年夏令營尋根活動，以拉近新生代對金門的土地認同。父母來自金門，現居廈門的李淑萍和二十二歲當上大陸最年輕女律師的郭偉紅，因參加了「遊浯嶼望浯江」夏令營，而有「我要回金門看外婆」的鄉情衝動。

又為宣示金門縣和大陸的聯結意識，一九八〇年，中華人民共和國國務院公布，金門縣屬福建省泉州市轄。

原屬金門縣轄，後劃歸南安與同安「託管」的大小嶝人，也發出另類回歸金門母縣屬性的聲音。金門籍的大嶝「統戰委員」邱群英強調，基於歷史，大嶝不應抽離於母島金門。他另表示，大小嶝人也應有回金門探親的權利。

一九八七，改變中的金廈水域

一九八七年十一月二日。國府正式開放老兵赴大陸探親。

一九九〇年五月十四日。國府訂頒「大陸同胞來臺定居申請規定」。

一九九一年五月一日。國府李登輝總統宣布結束動員戡亂時期，同一日零時起，國防部發布金馬臨時戒嚴。行政院長郝柏村在立法院答覆金馬立委黃武仁質詢時強調「金馬戰地地位不會改變」。

一九九〇年九月十一日上午十一時十分。從廈門東渡碼頭出發，八級風浪，歷經半個小時的航行。包括中共國務院對臺辦副局長樂美真在內的大陸紅十字會五人小組登陸金門新湖漁港，在仁愛之家舉行《金門協議》。決定由兩岸紅十字會協助遣返偷渡客、刑事犯。

一九九二年九月十七日。國府海基會秘書長陳榮傑搭乘金防部的「忠誠號」從金門新湖漁港出發，三十五分鐘抵達廈門。與大陸海協會秘書長鄒哲開舉行「金廈會談」。

一九九二年十一月七日，金馬解除戒嚴、終止戰地政務實驗。改實施《金馬安全輔導條例》特別法。繼續維持戰地屬性。

兩岸關係在解凍。一波波的老兵、一批批的臺商，以及滯留在大陸的臺籍人士，忙著穿梭於海峽兩岸。金門，地處兩岸的最近點，為後方站了四十多年衛兵之後，又扮演兩岸會談的急先鋒。卻在國府的策略考量下，跳脫不開板門店和圍城的歷史祭壇格局。

兩岸開放探親、交流的十年間，滯留閩廈內地現存的四千三百多位金門原鄉人，依然無法通過最近點僅二海里的直線距離，「抽不到三支菸就到家了！」廈門市文化局長彭一萬一語道破。

一九九四年四月八日。由三位金門人於一九三一年創於廈門的金蓮陞高甲劇團，繞道香港、臺北，再從高雄搭八小時金門快輪。原本半個小時的水程，足足耗時三天才回到金門公演。金門快輪董事長楊肅元舉杯：「這是四十五年來第一杯酒，乾！」

一九九六年七月二十二日，兩岸藝術家在廈門首開「金廈風情聯展」。會場一角，來自金門后豐港的書法家洪明燦、洪明標兄弟終於見到離散四十八年的「廈門姨」。翌日《廈門日報》以〈兩門近咫尺．相會捱至今〉作報導。

「兩門幾多相思苦，咫尺天涯盼團圓」，金門愛心慈善基金會董事長許金龍，近年進出金廈二十餘次，積極推動金廈醫療互助及「兩岸金門同胞直航探親」，而有這樣的詩情詠嘆。

曾經是國民黨金門縣黨部執行長的許金龍感慨，滯居閩廈的第一代金門同胞絕大多數是六十五歲以上的老人，多係抗日初期離金，或一九四九年前留駐，或受印尼排華政策影響回歸之士，及至大陸解放後未能歸返。動員戡亂時期居住金門的居民，只要有親人在大陸，逃不過被軍政黨列管查察。迫於軍管威權，為求自保，紛紛謊報在大陸的親友失蹤或死亡，進而被註銷除籍。即使是在國府允准大陸同胞來臺探親、定居的辦法下，他們多拿不出原始戶籍資料申請。甭說家鄉咫尺處，連自內地到香港轉臺灣回金門的這一條漫漫歸鄉路，也多與他們無緣。就算申請返金探親獲准了，這些老人又如何有多餘體力承擔經第三地的長途跋涉？

水路不通下，所能出現的，只有「望鄉」。遠在莆田蘇塘村的林家望，天色好的時候，就抱著孫兒坐在家門口向金門方向望呀望的，癡等著與人團圓。絲毫不知其金門下埔下村的林繩武兄嫂已過世多年。

一九九二年金門解嚴以來，民間訴求「兩門對開」、「重開金廈航道」、「兩岸金門同胞直航探親」的聲浪始終高漲。金廈水域雖然仍被國府軍管，卻早已被「顛覆」。一九九三年六月八日，大陸客陳志強游泳上岸在金門擺攤算命十一天才被發現。一九九六年元月七日，十四位男女大小嶝村民大舉登陸「母島」金門，說是「返鄉」。

更甚者，每天早水時分，總有趕集似的金門漁船趕往廈門、大嶝、圍頭、石井、石獅、崇武等地搬運蔬菜、海鮮、瓜果、花生、香菇等農副產品。天亮時滿載而歸。清晨七八點，金門軍民便可買到大陸的鮮活食品。

一九九七年五月，軍方解除金門海釣禁令後，使得「金廈一日遊」更能夠暢行無阻。

有趣的是，一九四九年後被阻絕的金廈通婚又活絡起來，成了「三通」之外的「四通」。解嚴以來，不少金門漁郎就近到廈門娶親；距金門僅六海里的泉州市圍頭村，四年內也有六十位新娘嫁給金門人。一九九四年三月，曾經是兩岸砲擊解放軍民兵英雄的圍頭村黨支部委員、民兵營長洪建才的女兒洪雙飛是第一位嫁給金門漁郎陳應超者。一九九六年臘月十八，一金門陳姓青年和圍頭姑娘林蘭英，迫於春節機票難求，兩人乃雇船在金門和圍頭間的海域會合，舉行歷史性的兩岸海上婚禮。

內地姑娘嫁作金門媳，不免俗是新兩岸時代「邊緣人」。受制於國府開放大陸配偶赴臺定居的配額，她們多只能留在娘家使用市內電話計費的「二哥大」，或兩岸各裝上購自內地的高頻率對講機隔海互通款曲。或乾脆抱著孩子在海邊等著金門的爸爸行船來過夜。

金廈兩岸通婚，也引起了國際媒體注意。日本NHK電視台商請拍過《單打雙不打》劇情紀錄片的金門青年導演董振良拍攝《大陸新娘》，記錄了一段後冷戰金廈水域通婚影片，於一九九六年十一月四日播出。再次引發人們對這道水域的重視。

近半世紀的封鎖，金廈水域已被一股民間力量衝撞著。然而，《國安法》、《兩岸關係條例》、《金馬安輔條例》、《要塞地帶》等種種法條一層一層地綑綁下，金廈水域依然是法內的關閉狀態。只對被遣返者開放。困住了那群只能在春節看著兩岸同在金廈上空放焰火的未歸人。

一九九七，渡半世紀還回不到家

「金門人有返鄉的權利！」常在金門民間廣播電台「金馬之聲」以五百瓦功率與「廈門人民廣播電台」隔空互放鄉音的台長翁明志心有戚戚焉。一九八九年，翁明志在金門登記為合法立法委員候選人。因民進黨員身分，軍管當局阻止他返金活動。過去形同「出國」的「金馬入出境證」嚴格管制下，「連我這個在臺灣的金門人都曾經回不了家」，翁明志指出，現階段唯有先廢除仍具戰地屬性的《金馬安輔條例》特別法管制，金廈水域始有暢通之日，「兩門對開」小三通才可望實現。

「金廈一體，歷史的偶然與必然」，金門第一屆民選縣長陳水在現身說法，「以前我父親早上到廈門做生意，中午回家吃飯，直到一九四九年才隔絕了四十餘年。」

一九九六年國府頒布縣市長赴大陸訪問辦法後，金門縣長陳水在欲拔得頭籌跑一趟閩廈內地，洽金廈通水、建橋合作方案，並邀請滯廈鄉親返鄉。計畫終於因陸委會有意見給擋了下來。倡議「金廈和平區」的陳水在只好贈送原產於金廈水域，一公一母配成雙的銅製鴛鴦鱟魚，給解嚴後首位到訪的廈門市文化局長彭一萬，藉象徵金廈永不分離。彭一萬不忘回贈以書有「長空有月照兩岸，浩海無礁宜三通」的對聯，又作了一首〈門字歌〉：「廈門望金門，金門望廈門；兩地都是門，本是一家門。長年關大門，同胞難入門；何時齊開門，骨肉迎進門。」

「金門應先行和福建三通！」三赴金門觀察金廈水域脈動之後，一九九五年十一月十五日，國府法務部長馬英九以兼陸委會諮詢委員身分，提出基於歷史、土地、血緣與人道等層面的考量，現階段應以「專案許可」方式，讓金門、馬祖，直接與大陸福建三通，兼可催促金廈水域盛行的如洗錢等地下交易、經濟活動走向地上，方便管理。

已退出政壇的馬英九當年在陸委會諮詢委員會議的提案拋出不久。一九九六年七月九日，國府李登輝總統接見金馬國代曹原彰等人時，就金馬和大陸先行小三通、引水合作的呼聲，「小三通不可行，因為那是中共併吞金馬的手段！」李總統這一句回應，刺痛馬英九的人道之情。金廈水域依然籠罩在冷冷的蒼茫氣氛裡。傷了閩廈四千多位金馬老人返鄉的心。「很多人都等不及了！」福建省金門同胞聯誼會常務副會長許文辛與廈門市金門同胞聯誼會會長戴炎荃，雖然自己已「失蹤」於金門的戶籍檔案，但仍長期投入為兩岸金門同胞尋親服務，看盡多少悲劇上演。以董福燕和李任水這對年逾八旬被分隔於金廈兩地的夫婦為例，一九九六年，董福燕終於打探到金門的丈夫還活著，欣喜若狂，心想馬上可以涉水去相會。孰料，翌年初，李任水卻先走了一步。

沈造樹也等不及歸鄉之日。鬱鬱而終之前，遣命子嗣在客居的廈門黃厝村山坡購地建墓，坐向金門，作為九泉之下，魂望故鄉。一九五一年父親出海捕魚未歸陷廈門，那時年僅三歲的曾水蓮，再有父親的聲音時，竟是一九九五年廈門親友告知乃父因肺癌喘最後一口氣留下的一句「我要回金門！我要回金門！」陳天賞一家兄弟到內地尋找父親下落時，只能在惠安的墓園焚香祭拜一番。

年僅七歲就因「跑日本」，一九三七年告別金門縣城後浦老家的陳毅中，到廈門落戶，迄一九九七年滿一甲子了。早於兩岸砲擊的年代，陳毅中因公坐上福建海洋研究所的實驗船繞行於金廈水域，冒著被機槍掃射的危險，再三要求船駕駛開近金門島嶼邊緣，好讓他看清楚家鄉的容貌。一九九五年中秋節，陳毅中和一群滯居閩廈的六十五歲以上金門同胞乘華灣輪行走於金廈水域。這一回，貼近古寧頭五沙水道了，依然回不去。擔任過廈門大學副部長的陳毅中，不禁慨嘆宿命的島，一群宿命的人，「回家的路走了六十年，還是走不到！」

一九九五年清明時節，詩人余光中遊廈門鼓浪嶼，寫下〈浪子回頭〉詩：

鼓浪嶼鼓浪而去的浪子
清明節終於有岸可回頭
掉頭一去是風吹黑髮
回首再來已雪滿白頭
一百六十浬這海峽，為何
渡了近半個世紀才到家？

詩人出現的動人句子。但是，詩人在鼓浪嶼回望兩岸時，可能遺忘了一群邊緣人。十二海里這水域，為何渡了近半世紀還回不到家！

跋

一九九七年，家母魏雪緣氏在金門臨終時，猶念著她未及逃出的廈門親妹妹。兩岸開放，尋親路上，我始終沒找到「廈門姨」，卻意外發現到一群回不了家的邊緣人。希望藉由這篇三度進出閩廈內地調查採訪的報導文字，促成他們早日回家。兼慰亡靈。

讓他們回家吧！

一九九七年，「八二三」前一天，北美三更時分，猶自點燈、伏案重讀金庸《書劍恩仇錄》，為卷末引海寧陳相國夫人「丹樓雲淡，金門霜冷」詞句所迷，忽地，聯合副刊從萬里之外的臺灣傳來〈被遺忘的兩岸邊緣人〉得獎消息，我的思想迅即又翻飛到金廈水域冷冷的蒼茫裡。

土地的宿命。仇恨的占領。教金門太沉重。島鄉出外人習以「來處生、來處死」的鮭魚自況；離母島僅十二海里，倚門望歸的一群卻是在湍流中苦渡半世紀，依然游不回原鄉來時路。

法外之情，人倫之常，無關統獨。一九九七年聯合報文學獎適逢中秋節社慶日揭曉，這對催化「兩岸邊緣人」骨肉團圓應能起一些作用；不必跋涉繞轉兩岸三地，毋須化身偷渡客的行徑，而是直接地、有尊嚴地通過金廈水域。

淚已流盡、兩岸無聲。時間對老人越來越不利。讓他們回家吧！

【附記】：〈被遺忘的兩岸邊緣人〉寫於一九九七年。三年後，金廈小三通，二〇〇一年二月六日，被遺忘的一群終於搭乘鼓浪嶼號繞道金廈水域，回到金門探親了。

西元三一七年～一九九七年金廈水域大事紀

製表／楊樹清

年代（西元）	事略
三一七	東晉建武元年，中原難民自內陸蹈海避秦於舊稱浯洲的金門。
七九八	唐貞元十九年，牧馬監陳淵率十二姓氏渡海拓墾金門。
一一五三	宋紹興二十三年，同安主簿朱熹航向所屬文教區金門講學，設燕南書院。
一二九七	元至正十一年，白蓮社入金門大肆焚掠。
一三八七	明洪武二十年，分建金門所城與廈門所城。大小嶝納金門轄。

一六二三　明天啟三年，荷蘭海軍駛過金廈水域中線浯嶼，自料羅灣登占金門。
一六五〇　明永曆四年，鄭成功與鄭聯軍海上遭遇戰，踞金廈兩島。
一六六一　明永曆十五年三月，鄭成功在料羅海邊誓師，棄金攻臺。
一六六四　清康熙三年，清兵據金廈、焚屋毀城，島民被迫遷同安等內界。
一六九七　清康熙三十六年正月十九，郁永河通過金廈水域，赴臺採硫磺。
一八九五　清光緒二十一年七月，德國軍艦三艘自廈航金登岸，島民駭逃。
一九一二　民國元年，革命軍李心田率部南下來治理金門。
一九一五　民國四年元月一日，金門脫離廈門思明縣轄，單獨設縣。
一九二二　二月，「東路討賊軍」入據金門，縣知事左樹燮赴廈求援。
一九三七　十月二十六日晨，日據金門，縣府遷大嶝，三萬縣民避走內地。
一九四六　十二月，國軍七十師金門兵渡向廈門鼓浪嶼，轉進東北剿共。
一九四九　十月十七日，金廈水域斷航。十月二十五日，爆發古寧頭大戰。
一九五六　七月十六日，金門實驗戰地政務全面軍管，福建省政府被迫二度流亡遷臺。
一九五八　八月二十三日，八二三砲戰爆發。大批島民疏遷臺灣。
十月二十一日，美國務卿杜勒斯訪華，要求國府放棄金馬，換取臺海和平。
十月二十六日，中共向金門廣播「單日射擊、雙日停火」。
一九七八　十二月一日，中共遣返十八名獲特赦國特、老兵回金門。

一九七九	元月一日，中共與美國建交，正式停止砲擊金門。
一九八三	六月六日，料羅灣空難，部分罹難者屍體漂流大陸，中共備棺木利用金廈水域運回。
一九九〇	九月十一日，大陸紅十字會人員直航金廈水域上岸簽訂《金門協議》。
一九九一	五月一日，動戡終止，金門繼續戒嚴、出入境管制。
	九月十七日，國府海基會秘書長陳榮傑由金門直航廈門。
一九九二	十一月七日，金門解嚴、終止戰地政務實驗，改實施《金馬安輔條例》特別法。
一九九五	九月九日，中秋節，滯閩廈金門老人登上華灣輪進行「海上探親」。
一九九六	三月八日，兩岸軍事演習，金廈風雲再起。廈門和平碼頭關閉。
一九九七	四月十九日，大陸船隻「盛達輪」自廈門直航高雄。
	五月十四日，中共通過金廈水域遣返臺灣劫機犯劉善忠。
	七月一日，香港回歸，中共在金門對岸廈門雲頂巖樹立「一國兩制統一中國」看板。

賞析

吳鈞堯／文

文學上的楊樹清，好多層面可以做為典範，首先是學歷，中學輟學後並沒有中斷文學進展，而自修自學、勤寫勤讀，善於記錄記載，餵養厚實的資料庫。他父親雖為外省老兵，但深愛金門這件事卻根深柢固，散文書寫以外，報導文學成為他的顯著學問。

說是學問，是因為書寫中，那份深沉的愛，對故鄉、鄉民，對於苦難的反思。《被遺忘的兩岸邊緣人》一九九七年獲聯合報第十九屆報導文學第一名，楊樹清以〈讓他們回家吧〉，作為得獎感言標題，道出近代金門人的流浪紀錄，在和平時期重讀一甲子前歷史，特別感到心痛，而報導文學強調劍及履及精神，也被充分實現，他列舉法令、歷史並佐以事件、採訪，充分地顯現文學作為一種行動，不單是在金門，放眼臺灣文壇，少有這等功力深刻、學養豐厚的大氣勢手筆。

本篇呈現兩岸乖隔始末，尤其是金門人不得已身世。「兩岸邊緣」最早是日本侵占，島民「跑日本」，家鄉成為異鄉。國共戰爭，不少金門人因為省親、經商，留置廈門等地，一衣帶水相望、相隔，有家歸不得，再是不少人迎娶大陸女子，受限法令成為新一代兩岸邊緣人，以時間為巨輪軸心，爬梳金門在不同時期的乖隔，到了今天金門依然被懷疑、被當作政治籌碼，楊樹清以「未淪陷的大陸人，講閩南話的外省人」調侃金門身世，無奈而沉重。

聯合報評審團給予本篇極高評價。林明德：「作者以金廈地區的觀點，處理一九三七到一九九七之間，幾個重大的時間環節，以邊緣情懷建構了地方的斷代史」；王浩威：「有第一手的調查資料，也有史觀，把歷史資料處理成能感動人的要素」；邱坤良：「表現了金廈地區所謂小兩岸的人民，被歷史環境擺弄的更深刻的荒謬性」；黃碧端：「不論是人道的或是政治議題的意義上，都很切合報導文學的要求」；蔡詩萍：「從兩岸的對比，兩岸的關係到歷史因素，他更在金門這個位置上找到了它特殊的弔詭性。從對個人的關心，拉出整個大時代的脈絡」。

報導文學以客觀踏訪、親臨現場、大範圍蒐集資料為基本，但楊樹清文字優美，常見詩意，「土地的宿命。仇恨的佔領。教金門人太沉重」。而我以為傑出的報導文學除了客觀性以外，內在的關懷乃至於慈悲，不忍一事一物一人，受到無情的、無理的迫害，惻隱之心才是發動的核心。

跋

如何測量浯島文學的深度

石曉楓

還記得二〇二一年在金門文學評獎後的會場，鈞堯將我拉到一邊，表示文化局長有事相託。源於吳鈞堯長期關注與致力於金門文學的寫作與推廣，希望能讓在地子弟更熟悉浯島文學與作家，並從歷史與文學薰染中，凝聚故鄉意識，因此向局長舉薦由我主編一套《金門文學讀本》，這是計畫之緣起。當時我們商定應由兩人共同執編，並開始思索如何向文化局提出計畫案。

之後，幸得優秀助理李鴻駿先生加入團隊，為計畫案的前置及撰寫工作盡了極大心力。我們在確定讀本編撰將以兩階段方式分期進行申請之後，便於二〇二二年三月起，展開密集的會議討論。首先，關於讀本選錄作品的考量，當然必須以金門作為素材；至於作家身分，則先設定限於縣籍作者，或曾在金門服役及駐縣作家。其次，我們規畫了一套問卷設計，以地區熱愛藝文的國、高中生為對象，並邀請部分教師參與，總計約百人次，開始進行大規模的訪察，希望能確實反映出地區青少年學子及教師對於《金門文學讀本》編纂的意見。一項有趣的觀察是，在最喜歡閱讀的文類當中，小說佔最大多數、散文次之，詩與報導文學則並列第三。然金門創作者實際上較集中於散文及詩之書寫，小說、報導文學作者相對稍少。至於對文學的熟悉度部分，初步篩選的名單中，可以發現教科書作家如瘂弦、洛夫，以及金曲獎歌手流氓阿德等知名度較高，此與當前學子對文學接觸管道的狹隘，以及整體藝文環境的流行趨向一致。

在第一階段的計畫執行過程中，我們一方面分析問卷結果，一方面持續關注金門文學資料的動態蒐集，最後依據問卷的期待、作家代表性、世代傳承以及作品質量等多方考量，確認納入小說、詩歌、散文、報導文學四大文類，並擇選出認為值得推介的作家，凡此系統性規畫過程及遴選理由，都呈顯於成果報告書中。第二期申請案通過後，自二〇二三年初起，我們便開始緊鑼密鼓地執行。為免於偏執之弊，此階段除了徵詢作家授權意願之外，亦邀請創作者本人推介自己的佳作數篇，結合兩位編者廣泛的閱讀，最終決定選錄之作品。而在前期問卷調查中，統整出關於作品評析部分，青年學子最想了解的，首先是「作家撰文時空背景與書寫目的」，其次則是「文本內部隱喻或技法的詳盡分析」。篇幅所限，雖然無法暢所欲言，但兩位編者都盡量朝此方向進行賞析之撰寫，也根據問卷所呈現的期待，加入作家小傳，以及在封面、內頁設計部分，力求風格的活潑與雅致。

從計畫緣起到撰稿完成，三人小組開了無數次會議。此外，特別感謝凌性傑、李卓恩老師參與期中及期末審查，並給出極多積極性的建議，我們也虛心採納。最終完成散文十家、新詩十三家、小說五家、報導文學二家，總計卅家作品的賞析，並分為兩冊出版。承蒙三任文化局長的鼓勵與玉成、金門文化局承辦人員的協助，凡此我們都銘誌於心。

在作家授權部分，助理鴻駿花了極大精神與氣力，遺憾的是或因始終聯繫不得、或因各種內外緣因素，仍有公孫嬿、洛夫、鄭愁予及黃克全四位作家作品，我們無法取得授權。公孫嬿本名查顯琳，曾於一九五一年及一九五四年兩度駐防金門，抵金前已是成名作家。無論就個人創作歷程或戰地文藝貢獻而言，公孫嬿金門時期的作品都有重大意義。鄭愁予因為入籍金門以縣籍入列，洛夫曾在金門服役，兩位知名詩人作品也成為遺珠之憾。此外，作家黃克全的詩及小說作品，因故未能收錄。其他如近期廣受注目的作家黃山料等，限於讀本選輯之篇幅，我們無法面面俱到，凡此遺珠，也推薦讀者多方參閱。

對於此套讀本，地區子弟有些什麼樣的期待呢？根據問卷統計結果，排名前三的選項分別為希望「對金門文學的內容有更多認識」、「瞭解金門文學各階段發展」，並能「激發自身創作的靈感與欲望」。我們想為金門做點事，勤懇編撰完成之餘，也期待不負所託。最後，希望兩冊《金門文學讀本》的結集，是眾多文學推廣計畫的開始，而非結束。

國家圖書館出版品預行編目資料

牧野篝火：金門文學讀本．小說、報導文學卷 / 朱西甯，陳長慶，陳慶瀚，吳鈞堯，張姿慧，李福井，楊樹清作；陳國興總編輯．-- 初版．-- 金門縣金城鎮：金門縣文化局，民 112.12
面； 公分

ISBN 978-626-7215-70-8(精裝)

863.3　　112019900

牧野篝火

金門文學讀本

小說、報導文學卷

出版單位	金門縣文化局
發行人	陳福海
總策畫	呂坤和
作者	朱西甯、陳長慶、陳慶瀚、吳鈞堯、張姿慧、李福井、楊樹清
總編輯	陳國興
主編	李海瑩
編輯委員	周祥敏、顧孝偉、蔡其鈞、翁慧玫、胡小玲
執行編輯	陳筱君、陳睿毅、楊肅民
審查委員	李卓恩、淩性傑
執行單位	中華民國筆會
計畫主持	石曉楓、吳鈞堯
專案編輯	李鴻駿
校對	吳美滿
美術設計	李偉涵
插畫繪製	郭鑒予
地址	金門縣金城鎮環島北路 1 段 66 號
電話	082-323169
網址	http://cabkc.kinmen.gov.tw/
印刷	松霖彩色印刷有限公司
初版一刷	中華民國 112 年 12 月
ISBN	9786267215708
GPN	1011201691
定價	新台幣 320 元